「ほんとにコイツが
そんな脅威なんでしょ――」
続けてそう言いかけたヒマリの言葉は、
最後まで続かなかった。
フワッと髪がなびく感じがしたかと思うと……
けたたましい音とともに、
背後で巨大な爆発が起きたからだ。
「わっ！」
不動明王
体内に膨大なエネルギーを
蓄えた牛型の魔物。
牛乳も肉もとっても美味。
転生社畜のチート菜園3
～万能スキルと便利な使い魔妖精を駆使してたら、
気づけば大陸一の生産拠点ができていた～

牧場の素材も使って
絶品ショートケーキ作り！
マサト
異世界転生した元社畜。
ガルス＝ガルス＝フェニックス（ヒナ）
七つの卵を集めないと孵化しない鶏の不死鳥。
めちゃくちゃ美味い鶏卵を産む。
シルフ
植物の妖精「ドライアド」が
進化した姿。

ヒマリ
「神代の紅蓮竜」の名を持つドラゴン。
人の姿にもなれる。
ミスティナ
日本料理店を任されている
凄腕の料理人。
フラガリアー
アトランティス
「とてつもなく美味しい」という伝承だけが残る
超古代の伝説の苺。

進化したシルフの力で、
人手不足も解消!?
ハイシルフ
シルフが更に進化した姿。
新スキル「模倣」を獲得。

転生社畜のチート菜園

~万能スキルと便利な使い魔妖精を駆使してたら、気づけば大陸一の生産拠点ができていた~

3

可換 環
illustration riritto

口絵・本文イラスト
riritto

装丁
木村デザイン・ラボ

プロローグ　転生してから今日に至るまで　005
第一章　最高の苺ショートケーキを目指して　009
第二章　店舗従業員増員大作戦　140
第三章　謎の挑戦者現る　178
第四章　ペガサスと絶対食中毒にならない肉　208
エピローグ　農業ギルドと稲妻おじいさん　261
あとがき　269

プロローグ　転生してから今日に至るまで

俺は新堂将人《しんどうまさと》。

多重下請けの最底辺ＩＴ企業で働く社畜――だったはずの男だ。

ひょんなことから、俺は異世界に転生することとなった。

きっかけは、病気になったミニトマトの実を食べてしまったこと。

いや正確には、変な模様が入っていたせいで病気だと思った実の正体が「転生樹の実」だったらしく、俺は強制的に異世界に連れて行かれた。

強制的にとは言っても、全く嫌なことではなく……むしろ、ブラック労働から解放されるちょうどいいきっかけとなった。

「転生樹の実」の効果で多数のドライアドに慕われた俺は、不思議な力を手に入れ、その勢いでドラゴンをも従えることに成功してしまったのだ。

そのドラゴンにはヒマリという名を付け、今では完全に仲良しになっている。

ヒマリに乗せてもらって街に移動した俺は、農業を始めることにした。

理由は一つ、前世の社畜時代に「農家で悠々自適な自給自足生活！」というテレビ番組を見たのがきっかけで、農業に強い憧《あこが》れを抱いていたからだ。

幸いにも、俺にとって農業は天職だった。

ドライアドの恵みの雨に、ヒマリのドラゴンブレスによる草木灰やその器用な爪捌《さば》きによる土づくり。

そういった諸々《もろもろ》の協力あって、駆け出しの時から最高品質の作物を作れる体制が出来上がっていた。

最初に育てたのは、大豆とトマト。

農業ギルド職員であるキャロルさんに「成長促進剤」なるものの存在を教えてもらった俺は、ダンジョンを攻略してそのハイグレードバージョンを手に入れ、ものの半月もしないうちにそれらの収穫に至ることができた。

次に育てたのは、麦とアルヒルダケというキノコだ。

麦は当時天ぷらが食べたかったから、アルヒルダケはヒマリの母の病気の特効薬になるからというのがそれらを選んだ理由だった。

麦も収穫に至った俺は、どうせなら飲料や調味料も自前で作りたいと思い始め、工場を建てて醤《しょう》油《ゆ》やビールの製造も手がけた。

そしてヴィアリング海という世界一良質な魚介が手に入る海で漁をして刺身を食べたりしつつ、俺は充実した食生活を送り続けていた。

——そんな俺に、更なる転機が訪れた。

アルヒルダケが成熟すると、俺はヒマリと一緒にヒマリの母へ特効薬を届けに行ったのだが……そのお礼にと、「浮遊大陸」というどんな土壌にもできて際限なく拡張できる異次元の土地や、「世界樹」というドライアドがシルフに進化する木の種を貰《もら》えてしまったのだ。

浮遊大陸と世界樹を得た俺の農業は、質・量ともに更に加速した。

ドライアドがシルフに進化したことで品種改良を行えるようになった俺は、異世界に来て以来念願の米を育てることに成功したのだ。

またそれに伴い、俺は日本食でよく使う調味料を網羅的に揃《そろ》えることもできた。

そんな活動の最中、俺はミスティナという両腕を失った少女に出会った。

彼女は一流の料理人を目指していたが、ある日友人に裏切られ、呪詛《じゅそ》をかけられて腕を切除せざるを得なくなったとのことだった。

俺は彼女の腕を治癒し、日本食の料理店を開きたいからウチで働いてくれないかと持ちかけた。

するとミスティナは快諾してくれたので、俺たちは料理店の開業に向けて準備を進めることとなった。

店は営業初日から記録的な大繁盛となった。

この調子なら、世界中で日本食が当たり前になる未来もそう遠くないのでは。

売り上げだけでもそんな確信を抱くには十分だったが、直後、更にその確信を強固にする出来事も起きた。

モーリーという世界的に著名な料理評論家が来店し、通常最高でも星4までしかつけないその人から異例の星６評価を頂いたのだ。

あの日の夜は、ミスティナが感極まってずっと食い入るように証明書を見つめてたんだっけな。

そんな感じで、天国のような食環境を着実に手に入れつつある俺だが、俺の食の探求はまだまだ止まらない。

これからも、気ままに栽培や製造を楽しんでいくこととしよう。

第一章　最高の苺ショートケーキを目指して

モーリーが店を評価しに来てから数日が経過した日の、営業時間終了後のこと。

みんな揃ってまかない飯を食べている時、ヒマリがミスティナにこんな質問をした。

「そういえばミスティナさんって、お母さんはどんな方なんです？」

言われてみれば、確かにそれは気になるな。

料理人である父親のことはある程度聞いているものの、母親がどんな人なのかは今まで一度も話題に上がったことがない気がする。

「そうですね……最近はよく、趣味で化石を採掘してますね！」

化石採掘、か。

なかなか良い趣味を持っているんだな。

「へえ、それってどうやってやってるんですか？」

「街の高等魔法学院の教授が、古代研究のためにボランティアで採掘員を募集してまして。そこに参加してるって感じです！　教授が研究に使わない化石は貰って帰れるので、だんだん家にコレクションが増えてきてますね……」

「そうなんですね。なんか一度見てみたいです～」

それは俺も同感だな。

博物館とか、前世で就職して以来久しく行ってなかったし。

などと思っていると、ヒマリは続けてこんな質問をした。

「ちなみに例えばどんな化石を？」

「そうですね……」

ミスティナは顎《あご》に指を当て、少し考えてからこう答えた。

「一番新しいのだと、フラガリアーアトランティスの苗の標本とか？」

「「フラガリア……アトランティス？」」

聞いたことのない学名に、俺とヒマリの疑問の声がハモった。

するとミスティナは、とても興味深い内容を話してくれた。

「超古代の伝説の苺《いちご》です。きちんとした文献はほとんど残ってない、幻に片足を踏み入れているようなものなんですけど……伝承によると、『天国に昇った気分になるくらいとてつもなく美味《おい》しい』苺なのだそうです」

なんだそれは。

そんなことを言われちゃ、育ててみたくなってしまうじゃないか。

「その化石って……レアなのか？」

「いえ……化石自体は、そこそこよく見つかるほうです。じゃないと貰って帰れませんしね。伝説というのは、あくまでまともな文献が残ってないという意味でして……」

「よし、じゃあ俺も採掘しに行くぞ」

自分でも発掘できる可能性があると知った俺は、完全に採掘に参加する気分になっていた。

といってももちろん、目的は化石そのものではない。

化石を「時空調律」することで得られるであろう、フラガリアーアトランティスの生きた苗だ。

「え……マサトさんも化石発掘とか興味あるんですか？」

「いや。俺はその苺を育ててみたいだけだ」

「……なるほど！　確かにマサトさんなら、苺の苗の一本くらい、数千万年だろうが数億年だろうが時を戻すなんて朝飯前でしょうしね！」

ヒマリは俺の意図を理解すると、途端に期待で目を輝かせた。

「ちなみに次の採掘募集はいつなんだ？」

「あ、明後日《あさって》です」

「参加はまだ間に合うな？」

「大丈夫です！　事前に申請したりする必要は無いので」

ありがたいことに、採掘できる日は比較的近いようだ。

「あ、あの……かなり不確かな伝承なんで、あまり期待はしすぎないほうが……」

「構わないさ。時空調律くらい、別に大した労力じゃないからな。1パーセントでも可能性があるなら、やってみる価値がある」

ダメだったらダメで、その時は品種改良で美味しい苺を作ればいいだけだしな。

まずは伝承が本当である方に賭《か》けて、最高の苺を探求するとしよう。

◇◇◇

二日後。

俺は化石発掘に参加するため、活動場所である隣街の山の麓《ふもと》に赴いた。

到着すると、そこでは一人の老人の前に十数人の人が列を成して並んでいた。

あの老人が教授で、並んでいる人たちは参加者ってところだろうか。

俺もその列に並び、自分の番を待った。

「見かけぬ顔じゃな……今回初参加かのう？」

自分の番が来ると、老人はまずそう俺に尋ねた。

「ああ」

「化石発掘自体も初かのう？」

「そうだ」

「……そうか。ではあちらで待っておれ」

老人が指した先には、辺りをきょろきょろと眺めている男女が三人いた。

見た感じ、あの三人も初参加っぽいな。

初参加の人にはまとめてやり方をレクチャーするから固まって待っててくれってことだろうか。

「分かった」

俺も言われた場所で待つことにした。


三十分くらい待っていると、俺たち四人のところにさっきの老人がやってきた。

「これから君たちに化石の発掘方法を教える」

そう言って老人は、俺たちに太い釘《くぎ》と金槌《かなづち》とハケを手渡す。

「これが化石発掘で使ってもらう道具じゃ。使い方は……まず化石が埋まってそうな場所に目星をつけ、その周りに釘を打って掘り込んで行き、掘り出したものについている土をハケでこそぎ落としていく。まあまずは儂《わし》が手本を見せるから見ておれ」

老人はざっと周囲を見渡すと、近くの何の変哲もなさそうな岩に目星をつけた。

「コツはな……あまり化石の近くに釘を打たんことじゃ。化石に衝撃が伝わって、割れてしもうたら本末転倒じゃからのう。土は後で剥《は》がせばええんじゃ。丁寧に、とにかく丁寧にやることを心がけてくれ」

口頭で説明を続けながら、彼はその岩を掘り進めていく。

「……こんな感じで掘り出せたら、あとはハケの出番じゃ」

彼がハケで掘り出した岩の土を落とすと……黄金比の螺旋《らせん》を描く貝殻の痕《あと》のようなものが出現した。

「こんな感じじゃ。難しいのは、最初の『化石と思われる石に目星をつける』ところじゃの。ここはどうしても経験がモノを言う。必要なら、儂や常連さんの知恵を借りてもええから頑張ってみておくれ」

最後に彼はそう言って、説明を締めくくった。

「では、始め！」

ここからは各々で発掘作業に入ることになるようだ。

「思ったより難しそうだったな……」

「ま、初日に一個でも化石を見つけられる確率は十分の一とか言われてるしな。見つけられたらラッキー、くらいの気持ちで頑張ろうぜ！」

俺以外の初心者三人のうち二人は知り合い同士のようで、そんな会話をしながら別の場所へと歩いていく。

確かに化石を見つけるの、初心者にはかなり至難の業っぽかったな。

俺もなんで老人があの岩を化石だと判別できたのか分からなかったし。

だが──そんなことだろうとは、俺も事前に予想がついていた。

だから今日は強力な助っ人を用意してある。

「このいわ、かせきっぽいよー！」

そう、シルフたちだ。

なんてったってシルフ、植物を司《つかさど》る妖精《ようせい》だからな。

岩の中に（かつて）植物（だったもの）があれば、それを見分けるくらい容易《たやす》いんじゃないか。

そう思って何体か一緒についてきてもらったのだが……どうやら正解だったみたいだ。

じゃ、早速掘ってみるか。

俺はシルフが指す岩のそばに釘を当て、その釘を軽く金槌で叩《たた》いてみた。

すると――思ってもみなかった現象が起きた。

なんとたったの一発で、化石の部分だけが綺麗《きれい》に取れてしまったのだ。

しかも、ハケで掃除するまでもなく、周囲には一切土がついていない。

……なるほど。DEX《器用》が高いと、こういうことが起きるのか。

化石発掘、想像を遥《はる》かに超えてイージーモードになる気がしてきたな。

「鑑定」

とりあえず何が取れたのか知りたいと思い、俺は今しがた手にした化石を鑑定してみた。

●アンティークシャークのフカヒレ
古代に生息していた獰猛《どうもう》なサメ。基本は水中で生活するが、魔力で空を飛ぶこともできる。主食はワタリドリ。かなり戦闘力が高いため手を出す人間は少なかったが、味は美味のため高い戦闘技術を持つ者が狩っては王侯貴族に高値で売っていた。


……って、植物じゃないんかい。

植物の判別のためにシルフを連れてきたのに、初手にサメが来るのは流石《さすが》に予想外だぞ。

あ、でもそうか。

確かシルフ、ドライアドから進化する際に何体か畜産の方面の力を得た個体がいたんだったな。

この化石を見つけたのがそのタイプだとすれば、こういうことも起こりうるか。

目的は苺なので、植物系のシルフだけ選んでおけば良かった気もしなくはないが……まあでもこの子のおかげでなんか凄《すご》く良さげなサメのフカヒレが手に入ったし、ある意味結果オーライか。

どうせ釘打ち一回で化石だけを分離できるなら一個あたりにかける時間も少なくて済むし、連れてきたシルフには全員協力してもらう方針でこれからもやっていこう。

「収納」

とりあえずサメのフカヒレはアイテムボックスにしまっておいて、次の化石へ。

「こっちだよー！」

今度はまた別のシルフが五メートルほど先の岩を指したので、俺はその岩に釘を一回打って、化石を掘り出した。

そんな調子で、六つくらいの岩を掘った時のこと。

「鑑定」

●フラガリアーアトランティス
古代の最高ブランドの苺。成育には特殊な環境を要するが、その味は正真正銘の世界一。大粒で糖度が高く、このために別の大陸からはるばるやってくる貴族も多かった。別名「百粒で家が建つ苺」。

ようやく俺は、お目当ての化石にたどり着くことができた。

まず何より、伝承は本当だったようだ。

エピソードといい別名といい「盛ってる」としか思えないようなことが書かれているが、鑑定文で出てくるってことはこれ全部事実なんだよな。

ますます育てるのが楽しみになってきたぞ。

流石に値段の方は、誇張じゃないとしたら味だけじゃなく「成育には特殊な環境を要する」というのも要因になってそうだが……こちらにはアルティメットビニルハウスもあるのだ。

おそらく、育成で挫折《ざせつ》するということはないだろう。

「収納」

正直、これでもう目的は達成したので帰ってもいいんだが……まだサメのフカヒレみたいな思わぬ出会いがあるかもしれないし、今日一日くらいは発掘に専念するとするか。

「じゃあ次、案内してくれ」

「「はーい！」」

それからも、俺はひたすら化石の発掘に励んでいった。


数時間後。

「今日はここまでじゃ。集合ー！」

拡声魔法を使ってそう呼びかける教授の声を聞き、俺は朝の集合場所に戻った。

採れ高は人によってまちまちなようで、手提げ袋が満杯になるほどの化石を抱えて戻ってきている人もいれば、二～三個の化石を手に持っているという人もいた。

ちなみに俺の収穫は、全部で六百十四個。

うちフラガリアーアトランティスは十二本、アンティークシャークのフカヒレは六個だ。

集合場所には道具入れのカゴが置いてあったので、俺は他の参加者同様貸してもらった道具をそこに戻した。

「それではみんな、集めた化石を出しておくれ」

みんなが道具を返し終わったところで、教授がみんなにそう声をかける。

教授に一番近いところにいた参加者が一歩前に出ると、手持ちの化石を地面に置いた。

「八個か……なかなかの収穫じゃのう。どれどれ……」

教授は一個一個化石を確認すると、最終的にうち一つだけを取り上げてこう言った。

「儂が研究に使うのはこれだけじゃ。残りは持って帰ってええぞ」

「ありがとうございます！」

なるほど、ここで選定を行って、使う分だけを持ち帰るのか。

八個もある中で一個だけしか使わないのは少ない気もするが、同種の被《かぶ》りはいらないとかだったとすると納得できる割合ではあるか。

「では、次！」

最初の人が残りの化石を持って下がると、今度は隣の人が一歩前に出て、化石を直接教授に渡した。

個数が多い人は一旦《いったん》地面に置いて、少ない人は直接手渡しする感じか。

「一個か。……君は確か、二回目の参加者だったかのう？」

「はい。初めて自力で見つけることができて嬉《うれ》しかったです！」

「それは良かった。その調子じゃ」

教授はざっと化石全体を眺めると、採掘した主に返してこう言った。

「これは持ち帰ってええぞ。記念品じゃ、大事にせい」

どうやら研究材料としては使わないという判断になったようだ。

「ありがとうございます！」

二人目の人はそう言うと、大事そうに化石を抱えて一歩下がった。

それからも、教授による研究に使う化石と使わない化石の選別は続いた。

みんなの様子を見る限り、化石の獲得数はだいたい一～十個程度、そのうち教授が使うと判断するものは十分の一くらいといった感じだった。

俺と同じく今日が初参加だった人たちは、知り合い同士の二人組は零個、あとのもう一人は一個獲得といった具合だ。

「……じゃあ最後、君」

他のみんなが化石を見せ終わったところで、俺の番がやってきた。

「見たところ手ぶらのようじゃが……見つけられんかったかのう？」

全部アイテムボックスに入れているせいで勘違いされたのか、教授は慰めモードでそう声をかけてくる。

「いや、あるぞ。アイテムボックス」

どれを研究に使ってどれを使わないかは、教授の判断に任せるしかない。

なので俺は、採ってきた化石を全部地面に出した。

「……は!?」

その数を見て——教授の表情が固まった。

と同時に、他の参加者たちも後ろでざわざわし始める。

「嘘《うそ》だろ……あれ一体何個あるんだ？」

「百、とかですらねえよな……」

「見つけるセンスがいい……とかそんな次元じゃないわよね？　あらかじめ位置を知ってても、一日でこんなに掘れないはずじゃ……」

「てか、前々から貯《た》めてたのを今日のと偽って出してんじゃねえか？」

「いや違うな。表面がまだ若干湿っている。あれは間違いなく、正真正銘今日発掘した証《あかし》だ」

俺が採ってきた化石について、背後では様々な議論が飛び交った。

「い……いいい一体どうやってこんな数を……」

「実は協力者がいてな。そのおかげで、これだけの化石を見つけられた」

「協力者……？　どこじゃ……？」

「悪い、俺の協力者は目には見えないんだ」

「なんじゃそれは……」

別に「一人でこれだけ採ったんだぜ、エッヘン」みたいな自慢をしたいわけではないので、協力者がいること自体は明かしていいんだが……シルフの存在はあまり他人に開示したくないので、どうしても説明が曖昧《あいまい》にはなってしまうんだよな。

これぱかりはしょうがない。

「まあええわい」

教授は理解を諦《あきら》めた様子で、化石の選別を始めた。

「これと、これと、これと……」

ありがたいことに、フラガリアーアトランティスのみならず、アンティークシャークのフカヒレも教授が使わない側に振り分けられた。

最終的に教授が「研究に使う」と判断したのは、五十個程度だった。

「こんだけ貰《もら》っても……ええかのう?」

あまりに数が多いからか、教授は若干遠慮がちにそう尋ねてきた。

「もちろんだ」

自分のお目当てのものはそちらに含まれていないので、俺はもちろん快諾した。

「収納」

教授が使わない方の化石は、持ち帰るために再度アイテムボックスに戻しておく。

「君……良かったら儂《わし》の助手にならんかの？　その若さでその才能があれば、きっと世界一の考古学者になれるはずじゃ！」

元の位置に戻ろうとすると、教授がそう勧誘してきた。

ありがたいんだが……別に俺、古代の良い食材に興味があるだけで、考古学を極めたいわけじゃないんだよな。

「すまない、遠慮しておく」

「そ、そんなぁ……」

教授はがっくりと項垂《うなだ》れてしまった。

「う、嘘だろ……ハインツ名誉教授のスカウトを断るだと？」

「下っ端でも年収８００万イーサは堅いってのに……」

「それ目当てじゃないってことは……やっぱりインチキじゃなかったんだな……」

「多分他にも才能があって、そっちで成功してるから助手まで手が回らないのね……」

一方他の参加者たちは、またもやヒソヒソと憶測を飛び交わせ始める。

……あまりこれ以上この場に居続けない方が良さそうだな。

この教授、思ったより偉い人っぽいし、万が一正体が割れたら貴族とかにも情報が流れかねない。

「ま、まあ……これを渡すから気を取り直してくれ」

とはいえシュンとしてしまった教授を見てるとなんだか可哀想《かわいそう》になってくるので、俺はせめて元気を出してもらえればと思い、ワイバーン周遊カードを一枚渡すことにした。

化石の数も多くて持ち帰るのが大変だろうから、これがあるとだいぶ助かるだろう。

「これは……えええ⁉」

「「「わ、ワイバーン周遊カード⁉」」」

カードを渡すと、みんなして驚きのあまり口をあんぐりと開けて固まってしまった。

いい感じにみんなの意識が俺からワイバーン周遊カードに逸《そ》れてくれたな。

今のうちにお暇《いとま》させていただくとしよう。

「飛行」

俺はシルフたちと一緒に採掘現場を後にした。

流石にこの時間から農作業を始めると日が暮れてしまうので苺《いちご》は明日だが、フカヒレは「時空調律」するだけでいいのですぐにでも食べれる。

今夜はみんなでフカヒレパーティーにするとしようか。


採掘現場を離れた俺は、一旦家に帰って仮眠を取った。

そして終業時間が近づくと、店の様子を見に（兼フカヒレでまかないを作ってもらいに）店に足を運んだ。

「お疲れ」

「「お帰りなさい！」」

厨房《ちゅうぼう》に入ると、ヒマリとミスティナがキラキラと目を輝かせて出迎えてくれた。

……あれ、なんでヒマリがここに？

「ヒマリ、ホールは？」

「ちょうど先ほどラストオーダー分を全部出し終わったところです！」

なるほど、それでか。

「で……今日の採掘はどうだったんですか？」

「苺……伝承通りでしたか？」

ヒマリはワクワクした表情で、ミスティナは祈るようなポーズでそう尋ねてくる。

二人とも一日中それが気がかりだったんだろうな。

「伝承通り……というか、伝承を超えるくらいだったぞ」

満を持して、俺はそう発表した。

「わーい！　やったー！」

「良かったです……！」

期待通りの結果に、ヒマリとミスティナは嬉しそうにハイタッチをした。

「じゃあ今日のまかないは苺ですね！」

「いや、こんな夜中から農作業を始めるわけないだろう。明日だ明日」

「なんだぁ……」

「まあ落ち込むな。その代わり、別の美味《おい》しいものも手に入ったからな」

「ほ、ホントですか⁉」

農作業は明日と聞き、一瞬落ち込みかけたヒマリだったが、別の美味しいものを示唆すると一瞬でまた目の輝きを取り戻した。

「な……何ですか？」

「これだ」

俺はアイテムボックスからアンティークシャークのフカヒレを取り出した。

「それは……いったい？」

「めちゃくちゃ美味しい古代のサメのフカヒレらしいぞ」

早速、時を戻してみよう。

「時空調律」

俺はそう唱え、スキルを発動した。

初めは特段変化が無かったが、ある瞬間突如として状態が様変わりし、生の新鮮な状態に戻った。

フカヒレって一回乾燥させる料理だから、ここまでやると戻しすぎなんだよな。

「時空調律」

今度は時を進める方向に三か月分ほど時空調律をかけ、俺はフカヒレを水で戻すだけで調理可能な乾燥状態に調整した。

「こういう食べ物だ。使う時は、水で戻して煮込み料理やスープの具材にする」

「なるほど……これはどう調理しても美味しくなる未来しか思い浮かびませんね！」

流石《さすが》はミスティナ、見たことのない食材でも初見で調理後の状態をイメージできるようだ。

どうせなら一人一枚、豪華に頂きたいよな。

俺はあと二枚追加でフカヒレを時空調律した。

「これ、どうやって料理するんですか？」

「そうだな、手順は……」

俺は知っている限りの知識を総動員し、フカヒレスープのレシピを伝えた。

前世では俺が自分で作るような料理ではなかったためかなり曖昧な説明となってしまったが、まあミスティナは天才だからな。

ざっくりと方向性さえ伝えておけば、具体的な調理方法を補完して作り上げてくれることだろう。


「できました！」

ヒマリと一緒に残り数人となったお客さんの接客と会計を終えて待っていると、奥からミスティナが呼ぶ声が聞こえてきた。

お、ついに完成したか。

厨房に行ってみると……見るからに美味しそうなトロットロのスープが完成していた。

「うおおおおお！　あのカチコチしてた食材がプリップリになってます……！」

一目見るや否や、ヒマリのテンションが更に上昇する。

俺もこれ以上待っていられないな。

そそくさとご飯を茶碗《ちゃわん》によそうと、すぐさま俺たちは実食に移ることにした。

「「「いただきます！」」」

たっぷりのスープと共に、一口目を口に入れる。

その瞬間……口全体に何とも言えない深い旨味《うまみ》が広がった。

噛《か》めば噛むほど、コリコリとした食感がスープの味との絶妙なハーモニーを生み出し、採掘活動の疲れを癒《いや》していく。

確かフカヒレって、それ自体に味があるわけじゃなくてあくまで食感を楽しむ食材だから、美味しいかどうかは料理人の腕がモロに出る食材なんだよな。

そんな食材をここまで至高の一品に仕上げられるのは、世の中広しと言えどミスティナくらいしかいないんじゃなかろうか。

「うんま〜い！」

ヒマリも一口食べては、全身でフカヒレを味わうかのように身体《からだ》をクネクネさせていた。

「こんな珍味が存在するなんて……世の中って本当に広いんですね……」

一方ミスティナは、料理人の魂を滾《たぎ》らせ、初めて口にする高級食材を解析し尽くさんとばかりに深く味わっているようだった。

前世では、テレビで見ることしかできなかった高級食材。

高すぎて、自分の給料では決して手が届かなかった高級食材。

それにこんな形でありつけるなんて……やはりこの世界は最高だな。

可能な限りゆっくり味わったつもりだったのに、気付けば一瞬で器が空っぽになってしまっていた。

「ぷはーっ！　また食べたいです～」

「そうですね。絶滅した魚なのが惜しすぎます……」

二人も食べ終わると、それぞれそんな感想を口にした。

また食べたいってのは、完全に同感だな。

ただ絶滅した魚なのが惜しいかというと……鑑定曰《いわ》くめちゃくちゃ好戦的な魚らしいので、そうとも言い切れない部分がありそうな気もするが。

遺伝子を抽出して他のサメと組み合わせたりして、上手《うま》い事獰猛《どうもう》さを失いつつ味は保たれたサメの作成に成功できたりすれば、それが最善なような。

それはまたの機会に、気が向いたら試してみるとしよう。

「ありがとうな。終業後に、こんな手の込んだものを作ってもらっちゃって」

「いえいえ！　普段のレパートリーに無い料理だったので、作ってて楽しかったです！」

「……それは良かった。けどまあ、それとこれとは別で割増賃金も出すから楽しみにしておいてくれ」

「え……そんな、恐れ入ります！」

随分と時間が回ってしまったので、今日はこれで解散とすることに。

「明日は苺を作るから、楽しみにしておいてくれ」

「はい！　また明日！」

ミスティナがワイバーンに乗って帰るのを見送ると、俺もアパートに帰宅した。

まさか、本命の苺以外にこんな副産物まで楽しむことになるとはな。

あの現場は大事《おおごと》になってしまったのでもう戻れないが、またいつか機会があれば、思いもよらぬ食材との一期一会を狙《ねら》って化石を発掘してみたいものだ。


次の日。

浮遊大陸に移動すると、早速俺はフラガリアーアトランティスの育成を始めることにした。

「アイテムボックス」

まず最初に、俺はアルティメットビニルハウスを一つ取り出して設置した。

フラガリアーアトランティス、特殊な環境を要する植物だって書かれてあったからな。

時を戻して生きている状態にした途端、今の環境が合わずに即行枯れてしまったりしては困るので、今回は初めからビニルハウス内で全《すべ》ての作業を行おうと思っている。

ビニルハウスが自動で組み上がると、俺はその中に入り、フラガリアーアトランティスの化石を手に持った。

「時空調律」

昨日《きのう》フカヒレにやったのと同じ要領で、化石を古代当時の生きていた状態に戻していく。

しばらく魔法をかけ続けていると、茶色くてカチコチだった化石が鮮やかな緑色のしなやかな茎へと変貌《へんぼう》した。

と同時に、アルヒルダケ菌や麹《こうじ》を育てた時に聞いたのと同じ脳内アナウンスが流れた。

〈その植物を目標栽培植物に指定しますか?〉

「はい」

〈承知しました。環境を調節するので、外に出てしばらくお待ちください……〉

指定ができたら、一旦《いったん》外で待機だ。

ビニルハウスから出ると、環境の調整が始まったが……今回はアルヒルダケ菌を育てた時みたいにビニルハウス内がカオスになることは無かった。

特殊な環境を要するとかいう割には穏やかだな。

しばらく待って、もうそろそろ環境調整も終わったかと思ったところで、俺は再度ビニルハウス内に足を踏み入れることにした。

一体何がどう調整されたんだろうか。

疑問に思いながら入ってみると——すぐさま俺は、中の環境が全くもって普通じゃないのを実感することとなった。

入った瞬間、内部が液体で満たされているかのように感じたのだ。

しかしそれはたった一瞬のことで、次の瞬間には、液体に触れているような感覚は完全に消え去っていた。

「……何だ? さっきのは……」

不思議すぎる感覚に、しばし俺は困惑してしまった。

しばらくビニルハウス内で動き回ってみると、ようやく俺はある一つの法則を見つけることができた。

この空間の気体――力をかけると、一瞬だけ液体のように振る舞うのだ。

例えばこの空間内で正拳突《せいけんづ》きを繰り出すと、突いた手の周囲の空気が一瞬だけ水のように振る舞い、水中で動く時のような強い抵抗を感じると共に手が濡《ぬ》れる。

しかし一秒後には、液体となった部分が完全に気化し、手の方もあたかも濡れたことなど無かったかのように完全に乾いている。

そんな不思議な現象が、ここの空気では起こるのだ。

あまりにも謎な物質だが、似たような物質には一つ、心当たりがある。

そう、ダイラタンシー流体だ。

ダイラタンシー流体は、例えば有名なものだと片栗粉《かたくり》と水を二対一の割合で混ぜた物質なんかがあったりするが……あれはハンマーで叩《たた》いたり強く握ったりすると、その瞬間だけ固体のようにカチコチとなる。

しかしゆっくりと手を突っ込むと液体として振る舞い、水の中に手を突っ込む時と同じようにスーッと中に入れることができるのだ。

そんな性質故に、ダイラタンシー流体は「液体と固体の中間のような物質」などと言われることがあった。

今回のビニルハウス内の空気は、それの「液体⇕気体バージョン」みたいなものと言えるのではなかろうか。

こんな謎物質が必要なのなら、フラガリアーアトランティスが「成育に特殊な環境を要する」などと言われるのも納得だな。

この性質とフラガリアーアトランティスの成長に何の関係があるのかは知らないが、少なくともアルティメットビニルハウスのようなアイテム無しにおいそれと用意できる環境でないことだけは確かだろう。

一応、どんな気体なのか調べてみるか。

「鑑定」

●特定管理流体４０４８
古代人がフラガリアーアトランティスを育てるために開発した専用の流体。


調べてみたはいいものの、特に有用な情報は得られなかった。

自分で作るのは無理そうだな。

いや、作ること自体は「特定管理流体４０４８製造工場を作る」と念じながら「特級建築術」を使えば可能かもしれないが……作ったところで、通常状態で気体のものを開放空間で一か所に留《とど》めておくというのが無理難題だ。

他の植物や一般的な人間にとっては有毒な気体かもしれないし、普通の空気と混じって拡散するリスクを考えれば、アルティメットビニルハウスのような場所のみで育てた方が無難だろう。

まあ、環境に関しては一旦「専用の変な空気で満たされている」という理解に留めておくとして。

下準備は整ったので、いよいよ本題の育成の方に入るとするか。

通常、苺《いちご》は一年ごとに実をつけるが……フラガリアーアトランティスはかなり特殊な苺だ。

成長速度が普通のと同じだとは限らない。

それに普通のだったとしても、苺は基本多年草なので、何年分も成長を促進させれば何回も収穫を楽しめる可能性がある。

それらを踏まえると、今回使う成長促進剤は1A10YNCの方が良いだろうな。

俺は「アイテムボックス」で成長促進剤1A10YNCの残数を確認した。

手持ちの成長促進剤1A10YNCは……残り一個か。

これを使ってしまうとダビング元がなくなってしまうので、増やしてから使った方がいいな。

俺はダビングカードを一枚使って成長促進剤1A10YNCを増やした。

撒《ま》き方は……とりあえず一旦、普通にじょうろで水やりをする要領でやってみればいいか。

俺はじょうろを持ってきてから缶の蓋《ふた》を開けた。

しかし——その時、またもや不思議な現象が起きた。

成長促進剤が缶から噴き出して、空気中に拡散され始めたのだ。

その様子は、まるで水に垂らした絵の具が水中に広がって均一になっていくかのようだった。

突然のあまりの出来事にびっくりして、俺は慌てて成長促進剤の蓋を閉めてしまった。

なるほど……大気が液体としての性質も併せ持つこの空間においては、こんな形で植物に成長促進剤が取り込まれるのか。

成長促進剤が混ざっても尚《なお》、俺にとっては普通に呼吸できる空間だし……なんか違和感だらけで感覚が変になりそうだな。

まあそれはいいとして、肝心なのはこれで無事苺が成長するかどうかだ。

苗を見守っていると……程なくして茎がぐんぐんと伸び始め、綺麗《きれい》な花を咲かせた。

そして花の付け根の部分が発達し、よく見る苺の実（正確には花托《かたく》という）が完成した。

突然噴出した成長促進剤にびっくりしてすぐ蓋をしてしまったが、どうやらジャストでちょうどいい量だったみたいだ。

偶然か、それともこれもＤＥＸ《器用》のおかげか。

生《な》った実の数は、全部で二十二個。

そのどれもが、手のひらからはみ出すくらいの超大粒サイズになっていた。

とても苺とは思えないサイズ感だ。

遠目に見たら、りんごと勘違いする人さえ出てくるんじゃないかって気がするくらいには。

早速、一個食べてみるか。

二十一個をアイテムボックスに収納すると、俺は残った一個を口に運んだ。

すると……一噛みした瞬間、俺は全身に衝撃が走るような感覚を受けた。

圧倒的な瑞々《みずみず》しさから放たれる、口全体にフワッと広がる濃厚な甘み。

強烈な甘さの中にほんのりと感じられる、まろやかな酸味とのハーモニー。

柔らかいながらも、しっかりと残るプリプリとした食感。

その美味《おい》しさは、神が作った楽園に生えていると言われても納得できるほど完全に未知の領域だった。

なるほど、こりゃ別の大陸からわざわざ貴族が食べに来るわけだ。

収穫の時期は、さぞや激しい各国王侯貴族による争奪戦が繰り広げられたことだろう。

二十一個なんて、間違いなくあっという間に食べきってしまうな。

これはもっと増産しなければ。

俺はアイテムボックスから十一個の化石を取り出した。

それらを全て生きた苗に戻すと、ビニルハウス内に等間隔になるよう植えていった。

植え終わると、成長促進剤1A10YNCの蓋を開け、「ここだ！」と思ったタイミングで蓋を閉じる。

「時空調律」

さっきちょうど収穫の時期ジャストまで成長させられたのが偶然ではなくDEXの産物だとしたら、これで今回も同じように実が熟すところまで成長してくれることだろう。

期待しながら待っていると、本当にさっきとほとんど同じサイズの実が生るところまで成長が進んでくれた。

やはり、成長促進剤の撒き方はこれでいいみたいだな。

俺は生っている実を全て収穫していった。

それが終わると、更にもう少し成長促進剤を出してランナーを伸ばし、次回栽培用の子株を作った。

子株は全部で三百株ほど取ることができたが……こんなにあっても育てる場所が無いんだよな。

もっとアルティメットビニルハウスをダビングしまくった方が良いだろうか。

……とりあえず今日みんなで食べる分くらいは確保できたので、それに関しては後日別途で検討するとしよう。

俺はビニルハウスの外に出ると、畳んでアイテムボックスにしまった。

じゃ、この至高の味をヒマリやミスティナにも味わってもらうとしようか。


その日の夕方。

営業開始前、ミスティナが開店準備を終えたくらいのタイミングで、俺は店を訪れた。

「お疲れ！」

「お疲れ様です！」

「あ、イチゴさん……じゃなくてマサトさん！」

店にいる二人に挨拶《あいさつ》すると……いきなりヒマリに名前を間違えられてしまった。

イチゴさんて。

どんだけ楽しみだったんだよ。

「どうでした？　栽培のほうは」

「ああ、上手くいったぞ」

「ということは……！」

「ああ。存分に召し上がれ」

俺はアイテムボックスから、とりあえず五十個ほどのフラガリアーアトランティスを取り出した。

「やったあぁぁぁぁぁぁああ！」

山盛りになった大粒の苺を見て、ヒマリは大はしゃぎ。

「こ……これが苺ですか⁉　なんという巨大サイズ……」

一方ミスティナは、見た目に関してそんな感想を述べつつ目を白黒させた。

「食べていいですか？」

「もちろんだ」

「「いただきまーす！」」

ヒマリは勢いよく、ミスティナは丁寧に一つ目の苺にかぶりつく。

「うみゃぁぁぁぁあい！」

「これは……何なんですかこの甘さは……！」

口に入れた瞬間、あまりの美味しさに二人とも思わず身震いしていた。

「ふわぁ〜、幸せ！」

「ほんと凄《すご》いというか、もはや不思議ですね。こんなに大きいのに、ヘタ付近も先端も同じくらい甘いなんて……」

二人とも、次から次へと苺に手を伸ばすのを止められなくなっている。

見てると俺も食べたくなってきたな。

なんだかんだで、まだビニルハウス内で試食した一個しか食べてないし。

俺はアイテムボックスから追加で十個のフラガリアーアトランティスを取り出し、食べていくことにした。

……うん。何度味わっても、これは究極の苺だな。

とめどない甘さとそれを引き立てる酸味のハーモニーが全身に沁《し》みる。

「ああ……食べきっちゃいました……もう無いんですか？」

「いや、まだあるぞ」

空になった皿に視線を向け、ヒマリが名残惜しそうな表情をしていたので、俺は追加でもう五十個の苺を出すことにした。

子株が大量に確保してあるので、別に今日の収穫分を食べ尽くしてしまっても、明日また育てればいくらでも増やすことはできるしな。

「いやったぁぁぁああ！」

すぐさまヒマリは追加の苺を頬張《ほおば》り始めた。

「流石《さすが》ヒマリさんですね。こんなに大粒の苺を大量に食べて、まだ胃袋に空きがあるとは……」

「まあ、ドラゴンだからな。人間とはそもそもの構造が違うんだろう」

気がつけば、俺とミスティナが無邪気に苺を食べ続けるヒマリを見守る構図になっていた。

「はぁ～、最高でした。また食べたいです！」

追加の五十個も食べると、流石にヒマリも満足したようだ。

「始業前にこんな美味しい差し入れを貰《もら》えると、やる気が倍に増しますね！」

ミスティナもいつにも増して活《い》き活《い》きとしている。

こんなに喜んでもらえるんだったら、わざわざ化石発掘に参加してまで苗を入手した甲斐《かい》があったというものだ。

伝承を信じてみて本当に良かった。

この調子だと、今日収穫した分など明日にはなくなってしまうだろう。

明日やることは、今日作った子株の栽培で決まりだな。


次の日の朝。

朝食を食べながら、俺はどんな風に三百株ものフラガリアーアトランティスの苗を育てるかについて思案することにした。

昨日《きのう》分かった通り、フラガリアーアトランティスは成育に特殊な大気を必要とする。

そのため、現状ではアルティメットビニルハウスを使わない限り、フラガリアーアトランティスを育てることは不可能だ。

しかし大量生産しようと思った場合は、その事実がネックとなってしまう。

アルティメットビニルハウスの体積はせいぜいテント一個分くらいしかないので、大量生産分の面積を確保しようと思ったら万単位のビニルハウスが必要となってしまうのだ。

ダンジョンで百体ほどアサシンベアを狩って、全部ダビングカードに変換するという力技でごり押すことは一応可能だが……流石にもうちょっとスマートな方法はないものか。

効率の良いやり方を求め、俺は頭を悩ませた。

理想を言えば……巨大サイズのアルティメットビニルハウスみたいなものでも見つかればそれが最高だ。

しかし、そんなものが都合よく存在するかは分からない。

アルティメットなんて言うくらいだから、その上位版など存在しない説もかなり濃厚だろう。

でも、そう決めつけるのもいかがなものか？

まずは再度、アルティメットビニルハウスについて理解を深め直すところから始めたほうが良いかもな。

俺は超魔導計算機の百科事典で検索してみることにした。

検索窓で「アルティメットビニルハウス」と打ってそのページに飛ぶと、膨大な量の説明が表示された。

理解を深め直すとはいえ……これ全部読んでたら流石にキリがないな。

いつも通り、Ｃｔｒｌ＋Ｆで関係ありそうな箇所を飛ばし読みしていくとするか。

まず俺は「上位版」で検索してみた。

すると一か所ヒットしたが、そこに書かれてあったのは「本アイテムは環境調整系アイテムにおける最上位版である」という文言だった。

……やっぱり、これより上は存在しないのか。

もし「もっと広いビニルハウスを！」とか言って、予備知識もなくダンジョンのより深い階層を探し回ってたら、完全に骨折り損になるところだったな。

残念だ。巨大版路線は、諦《あきら》めるしかないのか。

などと思いつつ、俺はページ内検索した箇所の周囲の文をなんとなく読み進めていった。

すると——何と、まさかの希望が復活することとなった。

上位版に関する記述の数行下に、「下位版の『ハイエンドビニルハウス』は環境調整力で劣るが、サイズは十倍スケールである」という文章を見つけてしまったのだ。

十倍スケールってことは、一辺の長さがアルティメットビニルハウスの十倍……すなわち面積で言えば百倍あるってことか。

百倍もの面積があれば、一個で4アールはカバーできるぞ。

依然として大量に用意しないといけないことに変わりないとしても、百分の一の数でいいとなると展開や片付けの作業はだいぶ楽になる。

もしこのビニルハウスの環境調整力が、アルティメットビニルハウスほどではないにしても、最低限特定管理流体４０４８を生み出せる程度ではあるとしたら……こっちを使うに越したことはないんじゃないか？

俺は完全にハイエンドビニルハウスを試してみたい気持ちになっていた。

しかしこうなると、問題はどうやってそれを見つけるかだ。

下位版なので、アルティメットビニルハウスよりは浅い階層を探せば見つかるんじゃないかという気もするが……あてずっぽうで探すのは結構大変そうだ。

何かもっと確実な入手ルートがあればいいのだが。

しばらく指をくるくる回しながら知恵を絞っていると……俺はあることに思い至った。

——何もダイレクトにハイエンドビニルハウスそのものを探す必要は無い。

アルティメットビニルハウスをダウングレードしてやればいいんじゃないか？

そんなことが可能なのかという話だが、俺は一つ、このやり方について心当たりがある。

俺は百科事典の検索窓で「シュレーディンガーのカードケース」と検索した。

そして入手可能なカードの一覧を見てみると……そのラインナップの中に、「ダウングレードカード」というものを見つけることができた。

やっぱり。なんか前、一覧の中で見かけた記憶があったような気がしたんだよな。

今までに手に入れたシュレーディンガーのカードケースは全部何かしらのカードに変換してしまっているので、新たなカードケースを手に入れる必要はあるが、行くべき階層が分かっている以上それは一瞬でできる。

食べ終わったら、早速入手しに行こう。

朝食後、俺はダンジョンの百六十階に行き、アサシンベアを二体倒した。

そしてそれらを、「乱数調整」を用いてそれぞれ百枚のダウングレードカードとダビングカードに変換した。

ダウングレードカードは百枚もいらないのだが、シュレーディンガーのカードケースの仕様上、開封時に同種のカード百枚が出てくるようになっているのでこれは仕方ない。

ダンジョンの用事はこれで終わりなので、俺は帰還して浮遊大陸に移動した。

早速ダビングカードでアルティメットビニルハウスを一個増やし、それをダウングレードカードでハイエンドビニルハウスに落とす。

するとその外観は、確かに縦横奥行き全《すべ》ての方向に十倍となった。

あとはこの中が特定管理流体４０４８で満たされさえすれば――俺の勝ちだ。

ビニルハウス内に入ると、アイテムボックスからフラガリアーアトランティスの苗を一株取り出した。

〈その植物を目標栽培植物に指定しますか？〉

「はい」

〈承知しました。環境を調整するので、外に出てしばらくお待ちください……〉

とりあえず、ここまではアルティメットビニルハウスと全く同じ流れだ。

あとはこれで、環境の調整に成功することを祈るのみ。

しばらく待って、再度中に入ってみると――その瞬間、俺は液体に突入したような感触を受けた。

「……来たぁ！　鑑定！」

思わずガッツポーズしながら、念のため内部の空気を鑑定してみると、確かに「特定管理流体４

048」と表示された。

どうやらここでフラガリアーアトランティスを育てることが可能なようだ。

こうなったら、別にわざわざ今後もオーバースペックなアルティメットビニルハウスで育てる必要はないな。

同じ環境が作れるなら、両者で品質が変わるとは考えにくいし。

俺は昨日作ったフラガリアーアトランティスの子株を全部植えていった。

これだけ広い空間なら……ただ成長促進剤を撒《ま》くだけじゃなく、シルフたちを呼んで内部で恵みの雨を降らすことも可能な気がするな。

「みんな、恵みの雨雲を出してくれないか？」

「「「はーい！」」」

俺が頼むと、シルフたちはビニルハウス内にこぢんまりとした雨雲を展開した。

その注入口に、液体が外に漏れ出さないようしっかり缶の注ぎ口をつけつつ成長促進剤1A10YNCを注入する。

するとしばらくして、雨雲から雨が染み出してきた。

「わー、へんなふりかたー」

「あめがくうきにまざってくー！」

「へんなのー！」

気体に液体が拡散する現象を初めて見たシルフたちは、口々にそんな感想を言い合っていた。

そうしているうちにも、成長促進剤を含む雨が地面に到達し、苗がぐんぐんと成長しだす。

見守っていると、やがて全ての苗から花が咲き、その後に立派な実を生《な》らせた。

「よし、じゃあ一旦《いったん》雨は止めて収穫だ」

「「「はーい！」」」

俺たちは苺《いちご》を収穫していった。

収穫し終えてからアイテムボックスで数を集計すると、全部で六千八百四十三個もの苺を収穫できていることが分かった。

実の大きさも昨日《きのう》と同じ掌《てのひら》を超えるサイズだし、株あたりの収穫個数も昨日の平均を超えている。

味の方も……一個食べてみたところ、昨日と遜色《そんしょく》ない出来栄えだった。

というかシルフの恵みの雨の効果が上乗せされている分、味に関しては昨日をも超えてきている気さえする。

このことからも、やはりビニルハウスのグレードはハイエンドで十分だったと結論付けて良さそうだ。

収穫が済んだら、今度は次回栽培分を確保するための子株作りに入ることにした。

「みんな、もう一回雨を降らせてくれ。今度は少しだけでいい」

「「「りょーかーい！」」」

少量だけ恵みの雨雲から成長促進剤を染み出させ、ランナーを伸ばすと、俺は子株用の苗を確保していった。

今回は全部で九千株の子株をゲットすることができた。

あとは、この作業を繰り返していくだけだ。

俺はハイエンドビニルハウスをもう一個ダビングし、計8アールの農地で九千株のフラガリアーアトランティスを育てた。

そこから更に子株を取ると、今度はハイエンドビニルハウスを四十個まで増やし、同様の作業をもう一巡した。

結果――累計で収穫できた苺は92トンとなった。

52トンは自分たちで食べる用&店で使う用とするとして、残り40トンは農業ギルドへ売りに出すか。

そう考え、俺は40トン分の苺をワイバーン周遊カードに取り分けた。

今日はもう結構な時間になったので、あとは店に行って苺食べ放題をするだけにしよう。

農業ギルドに売りに行くのは、また明日だな。


次の日。

農業ギルドに足を運ぶと……俺は想定外の人物と鉢合わせることとなってしまった。

「なっ……!?」

「き、君は……!」

建物に入ってすぐ目についたのは、二人の老人。

うち一人はいつもの鑑定士だったが……もう一人はなんと、化石発掘を主催していた教授だった。

「なぜあなたがここに……？」

「き、君こそ！」

いるはずのない人物とのエンカウントに俺は困惑したし、それは教授も同じのようだった。だが俺たちのみならず、この状況にはもう一人、別の意味で困惑している人物が存在した。

「お主ら……顔見知りなのか……？」

鑑定士は俺たちを交互に見回しながらそう呟《つぶや》いた。

そんな中、奥の部屋から出てきたキャロルさんが俺たちの様子に気付くや否や声をかけてくれた。

「あ、マサト様。どうされました？」

「いやその……新しい作物を売ろうと思ったら、なぜか教授がいてびっくりしてしまってな……」

「なるほど……まあとりあえず、いつものお部屋でゆっくり状況を整理されては？」

「確かに、そうさせてもらえるとありがたい」

俺たちの状況を把握すると、キャロルさんはそう言って機転を利かせてくれた。

こうして俺たちは、まず四人で話し合うこととなった。

「なるほど、そういうことじゃったか……」

俺が教授と知り合った経緯を話すと、鑑定士は合点が行ったらしく、何度も頷《うなず》きながらそう言った。

そして鑑定士は、自分と教授の繋《つな》がりについてこう話した。

「それで儂《わし》の弟と出会ったんじゃな……」

まさかの鑑定士と教授、兄弟だった。

知り合いとかそういうレベルじゃ無かったな。

しかし、それでも疑問は残る。

「なぜ教授がわざわざここに？」

鑑定士と教授が兄弟なのはいいとしても、それは弟が全く別業界の兄の職場を業務時間中に訪れる理由にならない。

俺は教授に目的を聞くことにした。

すると教授はこう答えた。

「君が発掘してくれた化石の中に、未知のものがあったんじゃよ。その化石は文献も全く残っておらず、他の研究者に聞いても皆口を揃《そろ》えて『知らない』と言う。そこで、兄さんに業務の合間を縫って鑑定してもらおうと思い、ここへ来たんじゃ」

まさかの俺が理由だった。

そんなレアな化石が交じっていたとはな。

まあ採ってきた数が数だから、そういうのがあってもおかしくはないか……。

などと考えていると、鑑定士がため息交じりにこう呟いた。

「結局、儂の手には負えんかったがのう……」

手に……負えなかった？

「どういうことだ？」

「儂の実力では、鑑定結果が見れんかったんじゃよ。これだけ長年鑑定士をやっておきながら不甲斐《ふが》なさ《い》ないわい……」


聞いてみると、彼は自嘲《じちょう》気味にそう続けた。

鑑定に失敗とかあるのか。

今までそんなことが起きた例《ためし》がないので、スキルさえあれば正体を暴けないものはないのかと思っていたが……どうやら万能なスキルではないみたいだな。

と思っていると、今度はキャロルさんからこんな提案が。

「どうせならマサト様にも見てもらっては？　彼の実力なら、もしかしたら正体が分かるかもしれません」

あれ、俺このギルドで鑑定スキルを持ってるなんて話したことあったっけ？

言ってないとしたら、なぜそんな提案が出てきたのだろうか……。

ただ、その「未知の化石」を鑑定できるかできないかで言ったら、おそらくできるだろうな。

というのも、俺は発掘の時、全ての化石を逐一鑑定するようにしていた。

アンティークシャークのフカヒレみたいな掘り出し物の食材が他にも見つかるんじゃないかと期待していたからだ。

その際、鑑定不能となった化石は一つも存在しなかった。

「一応試してみようか？」

「おお、ありがたい！　これじゃ！」

やってみると伝えると、教授は大喜びで珊瑚《さんご》のような見た目の化石を取り出した。

この化石は……なんかおぼろげに記憶に残っているぞ。

たしかこれ、白魔病とはまた別の五大極悪疾病の特効薬の成分を含む生物の化石だった気がする。

「鑑定」

●アルヒルイソギンチャク
「魔力ジストロフィー」の特効薬の主成分を含む古代のイソギンチャク。


……そうだ、思い出した。

確かこれで「魔力ジストロフィーって何だ？」と疑問に思い、超魔導計算機で調べてみたら五大極悪疾病の一つだと判明したんだった。

「『魔力ジストロフィーの特効薬の主成分を含む古代のイソギンチャク』らしいぞ」

俺はそう言って教授に鑑定結果を伝えた。

「なぬ⁉　そ、それは思った以上の大発見じゃぞ……こいつを研究すれば、新たな治療法の確立に寄与できるかもしれんというのか……！」

新種の化石が有用なものだったと知り、教授は大興奮の様子を見せた。

「お主は一生の恩人じゃ。この研究、必ずや成功させてみせる！」

「お、おう」

別に俺からすれば食材探しの副産物以上でも以下でもないものなので、そこまで使命感を持ってもらわなくても大丈夫なのだが。

まあ新たな生きがいができるのはいいことだし、頑張ってもらうとしようか。


さて、教授と鑑定士の関係性や化石の話も一段落ついたことだし、そろそろこちらの本題に入るか。


「あの……そろそろ俺が売りに来た作物の話に入っていいか？」

「ええ、そういえばそうでしたね。もちろんです、どうぞ！」

俺はアイテムボックスからフラガリアーアトランティスを三個取り出した。

「今回育てたのは、この苺だ。良かったら試食してみてくれないか？」

取り出した苺を、俺は一人に一つずつ渡して食べてみるよう促した。

すると……鑑定士が、苺を一目見るや否や飛び上がった。

「こ、こここここれはどういうことじゃ……」

「どうした、兄さん？」

「フラガリアーアトランティスじゃと……!?」

鑑定士が品種名を口にすると、三人とも表情が固まった。

そして一瞬遅れて、怒濤《どとう》のツッコミが始まった。

「なぜこの苺が現代に……」

「兄さん、鑑定ミスじゃなかろうの？」

「これぱっかりは本当どういうことですか……！」

これから経緯を話そうと思っていたんだが。

「発掘した化石に『時空調律』をかけて、生きてた苗まで時間を戻した。あとはそれを適切な環境で育てただけだ」

俺はそう簡潔に栽培方法を説明した。

「時空調律って……儂の記憶が間違っとるんかのう？　そんな何十万年も時を戻せる魔法ではないはずじゃ……」

「その認識で合ってますよ。マサト様の調律能力がおかしいだけです」

俺の説明を受け、教授たちはヒソヒソと話し合い始めた。

「ま、まあ……マサト殿の能力をツッコんでおったらキリが無いのは、いつものことじゃろうて。そんなことより試食じゃ、試食」

鑑定士がそう話を取りまとめてくれたことで、ようやく彼らは苺を口に運んだ。

「こ、これは……！」

「なんという美味……！」

「甘さが半端ないです……伝説に恥じぬというか、伝説以上ですね……！」

食べた瞬間、彼らは三者三様に苺の感想を述べた。

「うう……こんな美味《うま》いもんにありつけるとは、儂もう今日が命日で構わんわい……」

「だからいちいちマサト様の食材を口にするたびにそういうこと言わないでくださいよ！」

鑑定士に至っては、美味《おい》しさのあまりに涙を流す始末だ。

……味の良さも分かってもらったことだし、そろそろ納品の話に移ろう。

「この苺《いちご》を40トンほど売りたいんだが、流通を頼めるか？」

俺はキャロルさんに納品用の苺が入ったワイバーン周遊カードを渡しつつそう尋ねた。

すると、キャロルさんはカードを二度見しながらこう聞き返してきた。

「あの……今何と？　私の耳がおかしくなければ、40トンって聞こえた気がするんですが……」

「ああ、そうだぞ。40トンだ」

「そんな……『百粒で家が建つ苺』と言われるこの品種を⁉　いったい何軒家を建てるつもりなんですか！」

いや、一軒も建てるつもりはないが。

「百粒で家が建つ苺」はただの比喩《ひゆ》だろ。

なんで苺の売り上げを全部家に変換する前提なんだ……。

そもそも家を建てるだけなら、浮遊大陸に「特級建築術」を使えば無料で無限に建てられるし。

と心の中でツッコんでいると、今度は教授からこんな質問が飛んできた。

「環境はどうしたんじゃ？　あれを育てるには、確か超古代の技術を以《もっ》てしても1リットル合成するのに金2グラムのコストがかかるような気体が必要なはずじゃが……」

1リットル合成するのに金2グラムって……現在価値だと1リットルあたり1万イーサ前後とか。

特定管理流体4048、そんなに大層な気体だったんだな……。

経費でそこまでかかるんだとしたら、もしかして「百粒で家が建つ苺」というのもあながち誇張じゃなかったのかもしれない。

「その気体を安価で大量に作り出す方法を見出《みいだ》してな。それを使って、広大な面積の畑でたくさん栽培したんだ」

俺はざっくりとそんな感じで説明しておくことにした。

「そんな技術革新まで片手間でやってのけるんですね……。マサト様の能力って、慣れたと思っても全然底が見えません」

「いや、ハイエンドビニルハウスで育てただけだが」

「聞いたことないんですけど、そんなアイテム。それをマサト様が作ったのではなくて？」

「うーん、まあある意味……？」

どうやらハイエンドビニルハウスは思ったより知名度が低かったようだ。

冒険者がダンジョンで手に入れられる階層にはなくて、尚且《なおか》つアルティメットビニルハウスみたいに最高級品として伝説が残ってるものとかでもない中途半端な品だから、逆に誰《だれ》も知らなかったりするのだろうか。

ま、アルティメットビニルハウスをダウングレードすることを「作成」の範疇《はんちゅう》に入れるなら、俺が作ったと言ってもあながち間違いではない……のか？

いずれにせよ、技術革新とかいうほどの大層なことではないんだけどな。

……この話は一旦《いったん》ここまでにしよう。

これ以上は余計ドツボにはまりそうだ。

「とにかく、大事なのはこの苺が40トンあるということ、ただそれだけだ。これも売れるよな？」

「もちろんです！　速やかにコールさんに連携させていただきますね！」

キャロルさんは満面の笑みでワイバーン周遊カードを受け取ってくれた。

なんやかんやあったけど、最終的には綺麗《きれい》に話がまとまったな。

「では、俺はこれで……」

用事が済んだので、俺は農業ギルドを後にしようとした。

が……。

「ま、待ってくれ！」

慌てた様子で、教授が俺を呼び止めた。

「どうした？」

「そ、その、もし良かったら一つ頼みたいことがあるんだが……」

「何だ？」

「このイソギンチャクの化石の時戻し……お願いしてもよろしいか？　報酬はいくらでも、どんな手を使ってでも用意する！」

なるほどな。

俺がフラガリアーアトランティスを生きた状態に戻せたことを知って、「ならアルヒルイソギンチャクも！」と思ったってわけか。

別にその程度造作ないことだが、「報酬は何としてでも用意する」の部分に関しては、むしろやってほしいことが真逆だな。

「分かった。ただし一つ、絶対に約束してほしいことがある」

「何じゃ、どんな頼みでも聞くぞ！」

「俺の能力……いや俺の存在自体、誰にも他言しないでほしい。比喩抜きで、たとえどんなに親しい人でも、どんなに信頼できる人であってもだ。そしてそのイソギンチャクは、何とかして自力で時を戻したことにするんだ」

俺が交換条件として出すことにしたのは、絶対的な守秘義務だ。

化石発掘の時の参加者たちの反応を見る限り、この教授、結構凄《すご》い名誉教授っぽい感じだったからな。

仮にここで「1億イーサ用意しろ」とか言っても、集められないことはないだろうが……そのお金の出どころは、繋《つな》がりのある貴族からの融資だったりすることも考えられるだろう。

そういったところに俺の情報が漏れでもしたら、いろいろと面倒なことになるかもしれない。

だから俺は、敢《あ》えて金銭的な報酬は求めないことに決めた。

しかし仮にそういったものを求めないにしても、教授が俺のことを知り合いとかに言いふらすリスクは残る。

ここで会ったことで名前や立場を知られた以上、そのリスクは結構深刻なものだということになるだろう。

そんな中、千載一遇の大きな貸しを作るチャンスが来た。

条件として「俺のことを秘匿すること」を挙げておけば、そのリスクを無に帰すことができてウィン－ウィンというわけだ。

「そ、そんなことで良いのか？　というかむしろ、時戻しを儂《わし》の手柄にしてしまうなどとても良心が……」

条件が意外だったのか、教授はキョトンとしてしまった。

が、そこに鑑定士の強烈な喝が入る。

「ハインツよ。決して、決してマサト殿の守秘義務を軽く見るでないぞ」

「に、兄さん……？」

「この方が望んでおられるのは、決して地位や権力などではない。自由気ままに、自分のやりたいように農耕人生を歩むことじゃ。この方は、貴族などに自分の存在や能力を知られることを一番恐れておる。そんなお方の言う『時戻しを自分の手柄にしろ』がどういう意味か……分かるな？」

「わ、分かった……」

「もしマサト殿の言いつけを破ったら、儂とも絶縁じゃと思え。良いな？」

「ひいっ！　りょ、了解じゃ、兄さん……」

ここまで凄む鑑定士、初めて見たな。

だが正直ありがたい。

実の兄がここまで言ってくれれば、教授が「良かれと思って」誰かに俺のことを紹介してしまう恐れは完全になくなるからな。

「貸してみろ」

「で、では……」

「時空調律」

俺はイソギンチャクを生きた状態に戻した。

「できたぞ」

「か、かたじけない……！」

今の状態を保つためか、教授は俺から時を戻したイソギンチャクを受け取るや否や即座にワイバーン周遊カードにしまった。

「守秘義務、頼んだぞ」

「も、もちろんじゃ……です……」

再度念を押すと、教授はこれでもかと言うくらい深々と頭を下げた。

それじゃ、今度こそここでの用事は全部終わりだな。

「ではまた」

「またのお越しをお待ちしております！」

挨拶《あいさつ》をして、俺は農業ギルドを後にした。

なんか思ったより色々あって疲れたので、今日はもう苺を食べてのんびり過ごすとしよう。


次の日。

朝起きて苺を頬張《ほおば》っていると……俺は次にやりたいことを思いついた。

——そうだ。この苺を使って、絶品ショートケーキを作りたいな。

俺は前世で一度だけ、お祝いの時にあまおうの乗った苺ショートを食べたことがある。

フラガリアーアトランティスのあまりの美味《おい》しさに、ふと俺はその時の記憶が蘇《よみがえ》ったのだ。

冷静に振り返ってみると、俺はこの世界に転生して以来、一度としてケーキを食べたことがない。

この世界では砂糖が貴重なので庶民にケーキを食べる文化がなく、街中にケーキ屋さんなど一つも無かったからだ。

少し前に俺が結構な量の砂糖を納品したので、もしかしたら今後は「砂糖は庶民の手に届かない」という時代ではなくなっていくかもしれないが……それにしてもまだ日が浅いので、砂糖を用いるお菓子屋さんが街中に増えるような状況には至っていない。

貴族界との関わりを遮断するように生きてきた俺がケーキにありつくには、自分自身の手で材料を用意し、作るより他ないだろう。

しかしそうなると……現状では、まだいくつかの材料が足りていない。

主役である苺と、あと生地の材料である小麦粉や砂糖はあるのだが、卵や牛乳などが全く手元にないのだ。

街に既製品を買いに行くのも悪くはないんだが……せっかく畜産方面にスキルツリーを伸ばしたシルフたちもいることだし。

どうせならこの際、畜産品も全部自家製のものを用意して、最高品質を追求してみたいな。

順番はどっちでもいいんだが……まずは最高の卵から追求してみるか。

といっても、何から始めればいいか迷うな。

……そうだ。こんな時は、ヒマリのお母さんの知恵でも借りてみるとするか。

「なあ、ちょっとヒマリのお母さんに繋いでくれないか？」

「はーい！」

近くにいたシルフにたのみ、通信を繋げてもらう。

『もしもし。一つ聞いてみたいことがあるんだが……今大丈夫か？』

『もちろんだ。どんな質問だ？』

『めちゃくちゃ美味《うま》い鶏卵を産む鶏《とり》とか……心当たりがあったりしないか？』

かけておきながら何だが、我ながらなんでこの質問をドラゴンにしているんだろうという感じはある。

しかしヒマリのお母さんはただのドラゴンではなく、様々な研究を重ねてきて豊富な知恵を持っているドラゴンだ。

もしかしたら、この質問の答えを持っててもおかしくはないだろう。

仮にここで有用な答えがえられなくとも、超魔導計算機で調べればいいだけの話ではあるが……検索対象が決まっている時はともかく、こんなざっくりとした情報探しを百科事典でやろうとすると膨大な時間がかかりかねない。

なので、ここでバシッと答えが返ってきてくれると非常に助かる。

などと期待しながら、俺は質問をした。

すると……ヒマリのお母さんはこう答えた。

『そうじゃな。人間の味覚にとって最高となると……ガルス＝ガルス＝フェニックスなんかはどうだ？』

……なんか聞いたこともない学名の卵が出てきたぞ。

『どんな卵なんだ？』

『非常にコクがあって、濃厚で、黄身の比率が高い卵だと言われておるな。その昔、この鶏の卵が人々の間で流通しておった時には、確か通常の卵の百倍の値段で取引されておったとか』

卵の特徴を聞いてみると、非常に期待感の高まる答えが返ってきた。

通常の卵の百倍って……高級卵の中でも抜きんでた価格だな。

フラガリアーアトランティスの「百個で家が建つ」と比較するとしょぼく感じてしまう気もするが、冷静に考えて通常の百倍も十分おかしい価格帯だ。

それにフラガリアーアトランティスの価格の要因は特定管理流体４０４８による部分も大きいので、ガルス＝ガルス＝フェニックスも苺《いちご》でいうところのフラガリアーアトランティス級に相当する可能性は十分にあるだろう。

「その昔」ってことは、その鶏も古代生物で、化石から見つける必要があるんだろうか。

『その鶏の化石って、どこで見つかるんだ？』

教授にはしっかり口止めしてあるので、今なら同じ発掘場に再度お邪魔することも不可能ではない。

しかしそもそも「別の大陸にしか存在しなかった鶏だ」みたいなことであれば、それ以外の地域で発掘作業をしていても完全に骨折り損になってしまう。

なので一応生息域だけは聞いておくことにした。

が……ヒマリのお母さんはキョトンとしたトーンで、こう返してきた。

『化石……？　ガルス＝ガルス＝フェニックスなら、今も生きているが……』

え、そうなのか？

なら流通してたのが昔の話というのは、いったいどういうことなんだ。

『生きてるって……今は野生の個体しかいないのか？』

例えば「もともと遊牧民が飼育していたが、その民族が絶滅したため家畜が野生化した」みたいな事情なら、「流通してたのは昔だが今も生きている」という状態が成立するだろう。

そんな予測から、俺はそう質問してみた。

だが返ってきたのは、予測とは全く違う答えだった。

『ああ、その……「生きている」というのは、あまり正確ではないかもしれんな。ガルス＝ガルス

＝フェニックスは、かなり独特な生態をしているのだ』

『どういうことだ？』

『ガルス＝ガルス＝フェニックスは、名前にフェニックスが入っていることからも分かるように、鶏の不死鳥でな。死ぬ間際に、食用の通常の鶏卵とは違う、生まれ変わりの個体になるための特殊な卵を七つ生み出すのだ。その七つの卵は、老いた個体が死ぬ際に世界中に散らばる。生まれ変わらせるには七つの卵を一か所に集めて祈る必要があって、それをしない限りは永遠に卵のままでいることになるのだよ』

……どんなシステムだそれ。

下手《へた》したら、今後高確率で未来永劫《みらいえいごう》卵のままじゃないか、そんな生態じゃ。

と、ツッコみたいところではあるが……今大事なのは、現在飼育されていない理由の謎が解けたことだ。

『じゃあ復活させたければ、その七つの卵を集めればいいんだな？』

『そうだな。奴《やつ》は今、卵の状態で世界中に散らばっておる。普通なら見つけるなど至難の業だが……まあお主なら、サクサクっと数週間とかで達成できるだろうな』

『……だといいな。ありがとう』

『いやいやとんでもない。またいつでも連絡を待っておるぞ』

鶏の入手のために具体的に何をすればいいか分かったところで、俺はお礼を言って通話を終了した。

そしてその後、俺は天井を仰ぎ見て大きく息を吐《つ》いた。

最高の卵の情報を教えてもらったのは確かだが……なんというか、集められる気がしないな。

ヒマリのお母さんは、俺なら数週間で集められるとか言ってたけど……アレたぶん根拠とかは何もない、ただの買いかぶりだろうし。

「だといいな」とは返したものの、実際に探そうとしてみたら年単位以上の時間がかかることになることも考えられなくはないだろう。

しかしそうは言っても、一生を伝説の卵探しに費やすというのは流石《さすが》に違うしな。

何日かの期間を設けて、その間に効率的な収集方法を確立できたら探しに行き、無理そうなら他種の鶏で妥協する……くらいのつもりで考えた方が良いかもしれない。

「……とりあえず、何かないか調べてみるか」

俺は超魔導計算機を開き、百科事典で良い方法やアイテムがないか調べることにした。

まず午前中いっぱいくらいは、「ガルス＝ガルス＝フェニックス」で検索して、出てきたページをひたすら読み進めてみよう。


それから約二時間後。

意外にも、早くも俺はかなり精度が高いであろう卵の発見方法を思いつくことができた。

その方法は――ダウジングだ。

「ガルス＝ガルス＝フェニックス」で検索してしばらくページを眺めていると、俺は「任意の鶏の卵白に一週間漬けたオリハルコンの針金をL字型に曲げて持つと、先端が勝手に卵の方向を向く」という情報に出くわした。

これを見た時、俺は「これでほとんど卵の在《あ》り処《か》を絞り込めるじゃないか」と思ったのだ。

やり方は簡単。

ここのシルフとヒマリのお母さんのところにいるシルフで同時にダウジングしてもらって、その延長線上の交点を割り出すのだ。

ただのダウジングだと方角は分かっても位置を一意に特定することまではできないが、この方法ならピンポイントで所在地を特定できる。

この方法を確立できた時点で、探索は九割済んだと言っても過言ではないだろう。

それぞれのダウジングが別の卵の方を向いちゃうと交点が卵の存在しない位置に来てしまう、というデメリットはあるものの、世界中を虱《しらみつぶ》潰しに探すのに比べれば四十九か所から当たりの七か所を探す手間などミジンコみたいなものだしな。

早速、取りかかるとするか。

俺は街に卵を買いに行った。

アパートに帰ってくると、二つのお椀《わん》を用意し、卵を割って卵黄と卵白を取り分ける。

「超級錬金術」

オリハルコンの針金を二本用意すると、俺は針金を卵白に漬けた。

「時空調律」

一週間時を飛ばしたら、卵白から針金を取り出してL字に折り曲げる。

これでダウジング器具が完成だ。

あとはこれで、俺の家とヒマリのお母さんの居場所の二か所からダウジングをし、延長線上の交点を探るのみだが……今のままでは、その場所を記録することができない。

なので最後に、もう一手間加えさせてもらおう。

俺がこの二時間の間、超魔導計算機を使って調べたのは百科事典の「ガルス＝ガルス＝フェニックス」のページだけではない。

超魔導計算機に他にどんなアプリがあって、それをどう使えそうかについても一応見ていた。

そんな中で俺は一つ、ダウジングと組み合わせると凄《すご》く有用そうなアプリを見つけた。

「世界地図」というアプリだ。

このアプリは単純に現在の世界全体の地形をメルカトル図法で表せるだけでなく、「探索補助機能」という便利機能も備わっている。

例えばこの機能にダウジングの針金を登録しておけば、ダウジングを行った座標と針金が示した方角を世界地図上に表示してくれるのだ。

これがあれば、交点——すなわち卵が存在する可能性がある場所をかなりの高精度で記録することができるわけだ。

まさに今回のようなケースにうってつけのアプリと言えるだろう。

俺は「世界地図」のアプリを開き、今しがた作った二本の針金を「探索補助機能」に登録した。

そしてそのうち一本を、ヒマリのお母さんのところにいるシルフに転送する。

ここまで来たら、いよいよダウジング本番だ。

「じゃあ、針金を持っているシルフはせーのでダウジングしてくれ」

「『はーい！』」

「せーの！」

ダウジングを開始すると、世界地図上に二つの矢印が現れた。

矢印の始点はもちろん俺のとことヒマリのお母さんのとこで、矢印は地図の端まで伸びている。

こりゃ交点が分かりやすくていいな。

俺が画面上の矢印が交わっている場所をタップすると、「この場所を目的地1に登録しますか？」

というポップアップが出てきたので、俺は「はい」を選択した。

「じゃあ次は、どっちか片方だけ別の卵の方を向くよう念じながらもう一回ダウジングしてくれ」

「『はーい！』」

「せーの……」

あとはこの作業をもう四十八回繰り返すのみだな。

三十分くらいかけて、俺たちはとうとうその作業を終えた。

今はまだお昼過ぎか。

店の営業時間まではまだあと何時間かあるので、それまでに何か所かはヒマリに連れて行ってもらえそうだな。

「ヒマリ、ちょっといいか？」

「なんですかー？」

「この地図の、ピンが立ってるところを何か所か回ってほしいんだが」

「いいですけど……ここに何かあるんですか？」

「美味《おい》しい卵を産む鶏の卵……があるかもしれない場所の候補だ」

「是非全速力で回らせてもらいます！『定時全能強化』もかけてくれると嬉《うれ》しいです！」

声をかけた時は若干眠そうなヒマリだったが、美味しい卵が目的だと伝えると、途端にやる気満々になった。

「ありがとう。じゃあまず……近い順で、ここから行くか」

「はい！」

「それと、バフだな。定時全能強化」

アパートを出て、ヒマリがドラゴンの姿に戻ると、俺はその背に乗った。

それじゃ伝説の卵を求めて、出発だ。


約三時間後。

「ここも無し、か……」

「世界地図」からまた一つ登録した目的地を消去しながら、俺は小声でそう呟《つぶや》いた。

これまで回った卵の所在候補地は五か所。

しかしそのどれもが、実際には卵のない場所だった。

卵が「ない」ということをどう結論付けているかというと、俺はダウジングをしながら交点の周囲をグルグル飛び回ることで判定するようにしている。

実際に卵があれば針金の振れる方角が目まぐるしく変わるはずなので、逆に言えば「どんなに動いても針金が常にほぼ一定の方角を示し続けるならば、そこに卵はない」というのが成り立つからだ。

そして今まででいうと、一度としてダウジング中に針金が目まぐるしく変わる現象が起こらなかったというわけだ。

まあ、これ自体は別に悪いことではない。

四十九か所巡れば全部の卵が手に入るのは確実なので、ハズレを引きまくるということは、裏を返せば残りの箇所の当たりの確率が上がっているということでしかないからな。

ただそうは言っても、感情の面で言えばハズレばかりなのは萎《な》えるので、一個ぐらいは今日の探索で見つかると嬉しいのだが。

時間的に今日巡れるのは次で最後――そこが当たりであることに賭《か》けたいところだな。

「ヒマリ、次はここにしてくれ」

「了解です！」

俺は今いる地点から最も近い世界地図上の交点を指し、ヒマリに次の目的地を伝えた。

今度の場所は、海のようだ。

「着きました！」

ヒマリに乗って三十分くらい移動していると、目的地の付近に到達した。

「ありがとう。じゃあこの近くを適当に旋回してみてくれ」

「分かりました！」

ヒマリが目標地点を中心として旋回を始めると、俺は針金を取り出し、ダウジングを開始した。

すると——今までにない反応があった。

「……これは！」

針金が、斜め下の方向に強く振れたのだ。

この反応は……もしかして、卵が海底にあるのか？

これで旋回中に振れる方角が変わり、常に一点を指しだしたらもう確定だな。

期待しつつダウジングを続けていると……思ったとおり、針金は常に旋回の円の中心方向を指し続けた。

「よっしゃ！」

「え、当たりですか⁉」

「ああ、どうやらそのようだ」

「やりましたね！」

それじゃ早速、海底を探索するとしよう。

「飛行」

海中移動のためにスキルを発動し、海の中へ潜る。

しばらくすると、一面にイソギンチャクが生えた海底が見えてきた。

ここを探すのか……。

毒を持つ個体がいたとしても俺には関係ないだろうが、茂みに隠れてたりしたら見つけるのは大変そうだな。

しかしイソギンチャクといえば、アルヒルイソギンチャクを思い出すな。

ここのイソギンチャクも、何か特殊な能力とか持ってたりするんだろうか？

「鑑定」

「鑑定」

「鑑定……」

ちょっとイソギンチャクに興味が移り、寄り道したくなった俺は、何種類かを鑑定してどんな奴《やつ》かを調べてみることにした。

すると……これが良かった。

●ジョン＝フォン＝アネモネ
ＩＱが２００を超える超知的なイソギンチャク。その言語を理解できる者にとっては、知りたいことを何でも教えてくれるので非常に頼もしい存在。

なんと、まさに今の俺にドンピシャで役立ちそうなイソギンチャクが見つかったのだ。

コイツに聞けば、ここでの効率的な卵の探し方とか教えてもらえたりするんじゃなかろうか？

「その言語を理解できる者にとっては」という制約付きではあるが、俺の場合その点に関しては良い解決策があるしな。

一旦《いったん》海上に戻ると、俺はシルフのうちの一体にこう頼んだ。

「ちょっと一緒に来てくれないか？　『言語自動通訳』を使ってほしい相手がいるんだ」

「いいよー！」

俺はそのシルフと共に再び海底に潜った。

「あのイソギンチャクなんだが」

「おっけーい！」

〈シルフがスキル「言語自動通訳」を発動しました〉

これでジョン＝フォン＝アネモネへの相談が可能になったはずだ。

さて、そうは言っても海中では声を出すことができないんだが……その点はどうしようか。

考えていると、思ってもみなかったことが起こった。

『そこのお主、何か悩みがあるのか？』

突如として、何者かが俺の脳内に直接話しかけてきたのだ。

何者かがというか……この状況だと、話しかけてきたのはまず間違いなくジョン＝フォン＝アネモネだよな。

なんと親切でありがたいことか。

『そうなんだ。ちょうど相談しようと思っていたことがあってな』

『何でも任せてみよ』

頭の中で返事を念じてみると、無事に伝わった。

このイソギンチャクとは念じるだけで会話ができるようだ。

『このへんに、不死鳥の鶏の卵が落ちていると思うんだが……それを探し出す良い方法はないか？』

『不死鳥の鶏……ガルス＝ガルス＝フェニックスのことか？』

『そうそう、ソイツだ』

『それならば……』

そう言うと――ジョン＝フォン＝アネモネは、触覚から粘液を放出した。

その粘液は、たちまち眩《まぶ》しく発光し始めた。

『奴の卵の殻は、特定の周波数の魔力光を浴びた際に蛍光する性質を持っておる。今回は我がその周波数の魔力光を出せる粘液を調合した。これで周囲を見渡して、輝く丸いものがあればそれが目的の卵なのではないか？』

あの卵、そんな隠れた性質があったのか。

言われた通りに周囲を見渡してみると……十メートルほど先に、強力な光を反射する楕円《だえん》形の物体が確かに存在した。

その物体を拾い、鑑定してみると……確かに「ガルス＝ガルス＝フェニックスの卵」と出てきた。

『凄《すご》い粘液だな。本当に一瞬で見つかったぞ』

『我にかかればこの程度、お安い御用よ』

思わず感心していると、ジョン＝フォン＝アネモネは誇らしげにそう返した。

この粘液……どうせなら、今後の探索でも使いたいな。

「鑑定」

俺は粘液を鑑定してみた。

●特注混合発光液
異性化マギアジフェニルと過酸化水素の混合物。


なるほど……二種類の薬液が化学反応を起こして発光する原理の粘液なんだな。

これなら前世にも似たようなものがあった。

サイリウムだ。

サイリウムというのは、ガラス製の筒に薬液を入れておいて使う際にその筒を折り、薬液を混合させて発光させるライトのこと。

前世では主にアイドルのコンサートなんかで多用されていたな。

この粘液で同じものを作れば、今後の探索で卵を照らすのに使えそうだ。

「超級錬金術」

俺は粘液と同じ成分のサイリウムを六本作った。

『見ただけで同じ成分の薬液を再現しただと……?』

『ああ。良いことを教えてくれて助かったよ。ありがとうな』

『なんという才能の持ち主……間違いなく、お主は我が一生で出会う中で一番の天才となるだろうな』

『いやいや、それほどでも』

ジョン＝フォン＝アネモネに見送られながら、俺たちは海底を後にした。

卵だけじゃなくてこんな良い出会いまであるとは、マジでツイてたな。

明日以降の探索まで楽になりそうで何よりだ。


それから約十日の間、俺はヒマリ、シルフと共に卵の探索を続けた。

今までに見つけた卵は、計六個。

ここまでは非常に順調だった。

やはり何と言っても、ジョン＝フォン＝アネモネに教えてもらった粘液のサイリウムは効果抜群だった。

卵の在《あ》り処《か》は山の奥や滝の底、氷床の中など多岐に亘《わた》っていたが……そのどれもが、まばゆく光ってくれるおかげで一瞬で見つかってくれたのだ。

どういう原理かは知らないが、サイリウムの光も卵の殻からの反射光も物体を透過するらしく、俺はこの方法で砂漠の地中深くに埋まっている卵さえも見つけることができた。

残すところはあと一個。

それさえ見つけたら、ガルス＝ガルス＝フェニックス復活というわけだ。

「じゃあ次は……ここ行ってみるか」

「はい！」

残りの地図上の交点の箇所のうち一つを示し、俺はヒマリにその地点へ連れて行ってもらった。

付近に到着するとヒマリに旋回を頼み、ダウジングを開始した。

するとありがたいことに、針金は今来た場所に卵があるっぽい反応を示したのだが。

そこで俺は、今回の卵の状況が今までとは違うことに気付いた。

どう見ても、ダウジングの針金の指す先が村の中心部なのだ。

俺たちの眼下には、小規模な村が一つ存在するのだが……針金の先は、常にその中でも一段と大きな屋敷を指し続けている。

「あー、これはちょっと厄介かもな……」

状況を把握した俺は、少し重い気分でそう呟《つぶや》いた。

今までは卵の所在地が誰《だれ》のものでもない秘境の奥だったため、見つけさえすれば誰の許可も取らずに持ち帰ることができた。

しかし、卵が村に……しかも長老の家っぽいところにあるとなると、その人から卵をもらう許可を得なければならなくなってしまうだろう。

お金で買うことができればそれでも全然問題無いんだが、もし長老が卵を家宝みたいに扱っていて、「絶対に誰にも渡さん」などと言われたらだいぶ面倒だ。

一つ救いがあるとすれば、おそらく村の人も卵の正体や真価を知っているわけではないはずなので、ただの骨董品《こっとうひん》程度の扱いである可能性もそこそこ高いことか。

とにかく、行ってみないことには始まらないな。

「ヒマリ、この村の外に着陸してくれ。そしてすぐに人の姿に変身してくれ」

俺はヒマリにそんな指示を出した。

ヒマリがドラゴンの姿のままだと、村の人に余計な警戒心を抱かせてしまうリスクがあるからな。

ちなみに現在は「認識阻害」を使っているため、飛んでいる俺たちが村の人から見えているということはないはずだ。

「分かりましたー！」

ヒマリが着陸し、人の姿に変身すると、俺は「認識阻害」を解除した。

そして、村の入り口の門へと向かう。

門に近づくと、門番が警戒した面持ちでこちらに視線を向けてきた。

「何者だ！」

「旅人だ。ここの一番でっかい屋敷に、少し用事があってやってきた」

なんて自己紹介すればいいか分からず、「旅人だ」などと言ってしまったがまあ別に大丈夫か。

ここ最近の俺たちの行動、客観的に見れば旅人と言っても差し支えないような移動経路にはなってるだろうし。

「長老様の屋敷に用事だと……？　まあ良いだろう。どちらにせよ、部外者がこの村に入る際はまず長老様に挨拶《あいさつ》をしてもらうしきたりになっているからな」

どうやら上空から見たあの屋敷は長老のもので間違いないようだ。

「案内してやる。ついてこい」

そう言って、門番は中に向かって歩き出す。

俺たちは門番の後をついて、長老の屋敷へと向かった。


長老の屋敷にて。

「儂《わし》はこの村の長老のレイモンドじゃ」

応接室で待っていると、一人の老人が部屋に入ってきてそう自己紹介をした。

「マサトだ。はじめまして」

「ヒマリです！」

続いて俺たちも、そんな感じで挨拶をする。

「話はデイヴ――さっきの門番の男じゃ――から聞いておる。お主ら、儂に用があるそうじゃの？」

門番（名はデイヴと言うらしい）はしっかりと引き継ぎをしてくれたらしく、長老はそう俺たちに質問してくれた。

ならこちらも、単刀直入に話すか。

俺は壁の棚に飾ってある楕円形の物体を指しつつこう言った。

「あの卵が欲しいんだが……貰《もら》うことはできるか？　お金ならいくらでも払う」

どういう偶然かは知らないが、ガルス＝ガルス＝フェニックスの卵、なぜかこの部屋に飾ってあったのだ。

部屋に案内されてから長老が来るまでの間に鑑定で確かめているので、あれが目的の卵であることは間違いない。

これをすんなりと貰うことができれば、卵集めの目標は今すぐにでも達成となるわけだが……長老の反応やいかに。

「うーむ……悪いな旅人よ。それは聞けん頼みじゃな」

しかし肝心の長老の反応は、あまり芳しくなかった。

「これだけ積んでもか？　もしお金には換えられない事情があるなら、話してもらえると助かる」

こういう時は、まずはヒアリングからだ。

とはいえただ単に「なぜだ？」とだけ聞くと気を悪くされるかもしれないので、俺はアイテムボックスから1000万イーサを取り出して見せながらそう尋ねてみた。

もしかしたら、断られたのは「いくらでも払う」の具体的なイメージを持ててないから、というだけのことかもしれないしな。

あまり深い理由はなく、大金を見て気が変わってくれたりしたらありがたいのだが。

「その卵はの、この村の守り神なんじゃよ。先祖代々、この卵を祀《まつ》っておけば村の有事に神が降臨し、村を危機から救ってくださると言い伝えられておる。たとえどんな大金をつまれようとも、金で村の有事を回避できるとは限らんからのう。この卵は何にも代えられんのじゃ」

ダメだった。

割とちゃんとした理由が根付いちゃってるんだな……。

正直なところ、おそらくこの卵にそんな効果は無い。

鑑定や百科事典を見る限り、これはあくまで美味《おい》しい卵を産む不死鳥のピースであって、それ以上でもそれ以下でもないからな。

しかし問題は、それをどう説明すればいいのかということだ。

仮にこの卵について真実を解説したとして、この村の人々が納得してくれる保証はない。

ぽっと出の部外者の解説と先祖代々続いている信仰、どちらに人々がより信憑性《しんぴょうせい》を感じるかは明白だからな。

流石《さすが》にこの場で今まで集めた六個の卵を取り出し、鶏を生誕させてしまえばこちらも十分な説得力を出すことができるだろうが……いささか強引すぎる気もするので、それは最終手段だよな。

一番良いのは、代替となる守り神の供物を用意して物々交換をすることとかだろうが……それにしたって、どうやってその代替品が同等の効果を持つかを証明するかという問題が残る。

というか、証明はほぼ不可能だ。

なんせ卵の方に、実際はそんな効果が宿ってはいないのだからな。

「うーん、そうか……」

一旦《いったん》、今日中に説得するのは諦《あきら》めて、後日また別の作戦を用意して説得にかかるか。

例えばあらゆる「有事」を想定して、魔物からの防衛システムと飢饉《ききん》時の備蓄食料と疫病の万能治療薬をセットにしたものを携えて「これを守り神の代わりとしてくれ」と頼むとか。

それでも納得してくれる保証は無いが、やれることといえばそのくらいしか思いつかないんだよな。

「また来よう」

「いつ来たところで、答えは変わらんぞ」

俺は屋敷を後にすることにした。

屋敷の外ではさっきの門番が待ってくれていて、門のところまで案内してくれることとなった。

ある意味、人間って秘境より厄介だな。

などと思いつつ、他に有効な対応策がないか頭の中で考えを練る。


——そんな時、事件は起こった。

「大変だ！　不動明王が来たぞ！」

一人の男が鬼気迫る表情で全力ダッシュしながら、そんなことを叫んで回り始めたのだ。

「何⁉」

「不動明王だと⁉」

「まずいぞ、一体どうすれば……」

どうやら「不動明王」とやらは一大事らしく、男の叫びを耳にした村人たちも途端にあたふたし始めた。

「なあ、不動明王って何だ？」

「さ、さあ……ワタシも聞いたことないです……」

ヒマリなら何か知ってるかと思って尋ねてみたが、そうでもなかったようだ。

なら門番はどう――かと思って聞いてみようと思ったが、そう思った時には既に門番は目の前にいなかった。

非常事態で俺たちを置いてどこかに行ったとでもいうのか？

周囲にいる他の村人も、質問に答えてくれる雰囲気ではなさそうだ。

……仕方がない。こうなったら、百科事典で調べるしかないか。

俺は超魔導計算機を起動し、不動明王について検索した。

すると、こんな解説が出てきた。

ふどう―みょうおう【不動明王】
一生の八割を瞑想《めいそう》に費やす牛型の魔物。
ほぼ移動することはなく、動いたとしてもその速度は時速1キロを決して超えない。
ただし瞑想により膨大なエネルギーを体内に蓄えており、その気になれば一瞬で大都市を更地にできるほどの気合砲を放つことができる。

故に人間からは災厄として恐れられがちだが、実はその肉は非常に美味しく、全身がシャトーブリアンと言っても差し支えないほどである。

普段ほとんど動かないが故に、そのような肉質となっていると考えられる。

またこの牛は単性生殖であるため、肉牛にも乳牛にもなり得る。

この牛から取れる牛乳の乳脂肪分は5パーセントを誇り、濃厚な味わいが堪能できる。


なんだこれは。全身シャトーブリアンに、乳脂肪分が5パーセントだと？

最初は敵を知る目的で検索したはずだったのに、俺の興味は完全にその味に移ってしまった。

ガルス＝ガルス＝フェニックスを復活させた後は、牛乳の調達をしなければと思っていたが……

コイツさえ手に入れれば、そっちも解決するじゃないか。

それにショートケーキの材料が揃《そろ》うだけでなく、最高級のステーキも堪能できるというおまけ付きと来た。

何としてでも生け捕りにして、浮遊大陸で飼育したいな。

村人たちが慌てているのはこの魔物の災厄としての部分だろうから、仮に倒して持ち去ったとしても文句は言われないだろうし。

「行くぞヒマリ。不動明王を捕獲しよう」

「え……？　あ、はい！」

俺は「飛行」を発動して空に上がると、軽く全方位を見渡した。

すると、こちらにのそのそと向かってくる巨大な牛の姿が目に入った。

「鑑定」

鑑定するまでもなくどう見てもアレが不動明王だが、一応確かめてみると合っていた。

俺たちはその方向を目指して飛んで行った。


不動明王から約百メートルの距離まで近づいたところで、俺たちは飛行をやめて地上に降り立った。

「アレが〝災厄〟か……」

「なんか思ったより地味ですね……」

あまりの歩みの遅さに、初見での俺たちの感想は「そんなに強そうには思えない」といった感じだった。

まあ、そのおかげで全身シャトーブリアンの肉質なんだろうから、良いことではあるのだが。

しかし――その瞬間は、突然やってきた。

「ほんとにコイツがそんな脅威なんでしょ――」

続けてそう言いかけたヒマリの言葉は、最後まで続かなかった。

フワッと髪がなびく感じがしたかと思うと……けたたましい音とともに、背後で巨大な爆発が起きたからだ。

「わっ！」

「何だ……？」

後ろを振り返ってみると……村は跡形もなく木っ端微塵《みじん》になっており、上空には巨大なキノコ雲ができていた。

まさか、今の瞬間に気合砲を放ったというのか。

全然気配とか感じなかったぞ。

いくらなんでもノーモーション過ぎないか？

厄災として恐れられるのは、これが理由だったか。

確かに、こんなにも何の前触れもなく攻撃されるんじゃ、普通対処のしようがないぞ……。

威力自体はそこまでじゃなかったので、俺もヒマリも無傷なことだけが不幸中の幸いだな。

「おいおいいきなり何すんだ」

とりあえず、村は元に戻さないと。

このままだと、俺たちの不手際で村が消滅したみたいになっちゃうし。

「時空調律」

俺は村全体の時を戻し、不動明王が攻撃する前の状態にロールバックした。

「ブモッ？」

壊したはずのものが一瞬で元通りになるのは流石に想定外だったのか、不動明王はそんな鳴き声をあげて首を傾《かし》げる。

さて……俺はどうやってコイツを生け捕りにしたらいいんだろうか。

出会った当初のヒマリ相手にやったように「ナノファイア」あたりで力量差を分からせるか、それとも一旦シンプルに気絶させるか。

とりあえず、首を傾げたことにより片側ががら空きになっているので、まずは気絶させる方針を試してみるか。

そのほうが、「アイテムボックス」に収納して移動させられる分便利だしな。

「みんな、AGI《敏捷》を一旦最大まで引き上げてくれ」

「「「はーい！」」」

シルフたちに頼んでAGIをシンクロ率100パーセント時の値に戻すと、俺は一直線に不動明王に迫った。

そして、首筋をトンと手刀で叩《たた》く。

すると……。

「ブモッ！」

不動明王は横転し、微動だにしなくなった。

「収納」

試しに収納できないかやってみたら無事にアイテムボックスに入ったので、これで間違いなく気絶させられているのだろう。

流石にAGIマックスの俺が攻撃するまでの間に再度気合砲を放つほどの初動の速さではないのか、村の方を振り返っても、特に爆発などはしていなかった。

どうやら完璧《かんぺき》に対処できたみたいだな。

俺は百メートル後方にいるヒマリやシルフたちのもとへ戻った。

「みんな、もういつものＡＧＩに戻していいぞ」

「「「おっけ～い！」」」

もう超速移動の用事が終わったので、ＡＧＩは例によって一億程度まで落としておく。

「なんか不動明王がひとりでに倒れたみたいに見えたんですけど……今何やりました？」

「ただの首チョップだ。首に隙があるように見えたからな」

「あ、物理でしたか……。気絶させる薬とかじゃなかったんですね」

「そりゃ家畜にする予定なんだからな。口に入れるものに、毒なんて使いたくないだろう」

俺やヒマリは多少の猛毒ではびくともしないかもしれないが……ミスティナも食べれるようにって考えたら、やはり極力危険物質を含まないようにしたほうがいいからな。

さっきので対処できるなら、それがベストだろう。

もしかしたら多少頸椎《けいつい》に損傷とか入っちゃったかもしれないが……それは「ヒール」とかでどうとでもできるしな。

じゃ、一旦村に戻るか。

多分必要は無いだろうけど、一応不動明王の持ち帰り許可は取っておきたいしな。

それに村人たちとしても、脅威が去ったという報告をきちんと受けていたほうが安心できるだろうし。

「戻るぞ、ヒマリ」

「りょーかい」

再び「飛行」を発動し、俺たちは長老の屋敷を目指した。


屋敷の門前にて。

「すまない。ちょっともう一回中に入れてもらえるか？」

先ほど門番に案内してもらった時、門番が話しかけていた屋敷の使用人を見かけたので、俺はそう頼んでみた。

「先ほどの客人ですか。申し訳ないのですが、今はそれどころじゃなくて……また後にしてもらえますか？」

「それどころじゃないってのは、不動明王の件か？」

「その通りです」

「それならむしろ、その件で話があって来たんだが。ちなみに不動明王は生け捕りにしてあるから、もうこの村への脅威は無いぞ？」

「……え？」

最初は断られかけたが……状況を話すと、使用人は一瞬キョトンとした後、慌てたようにこう言った。

「そ、その……え、ど、どういうこと……しばしお待ちを！」

困惑であたふたしながら、使用人は全力ダッシュで屋敷内に駆けていく。

息を切らしながら戻ってくると、彼はこう言った。

「ハァ……ハァ……レイモンド様が……通せと仰《おつしや》い……ました……！」

どうやら許可を取れたようだ。

「ありがとう。応接室の場所は分かってるから、案内は大丈夫だ。ここで息を整えててくれ」

「ありがたきご配慮……！」

使用人にはこの場に残ってもらって、俺たちは応接室へと向かった。


応接室に到着すると、長老は既にそこで待ってくれていた。

いや、待っていたというのは語弊があるか。

長老は——ガルス＝ガルス＝フェニックスの卵に向かって手を合わせ、祈り続けていた。

「えっと……今話しかけて大丈夫か？」

あまりにも熱心に祈っているので、俺はまずおそるおそる声をかけてみた。

すると長老はようやくこちらに気付いた。

「おお、おいでなさいましたか」

……あれ？　長老ってこんな敬語で話す人だったっけ？

先ほど会った時との印象に違和感を抱いていると、長老はこう続けた。

「話は聞きました。あなた方が、不動明王を退治なさったのだと」

長老はそう言って、深々と頭を下げた。

あ……もしかしてこの態度の変わりよう、俺たちが不動明王を倒したからか。

俺たちの感覚だと獲物を獲《と》ったというほうが近いくらいだが、村人視点だと「退治してくれた」になるのか。

「ああ、これだ」

俺はアイテムボックスから不動明王の頭を覗《のぞ》かせつつそう言って、捕獲を証明した。

「おお、これは確かに……！　誠にお礼の申し上げようも御座いませぬ……！」

不動明王の頭を見ると、長老は目を見開き、震える声でお礼を口にした。

じゃ、こちらも本題に入るか。

「このことで一つ、頼みがあるんだが……」

「なんでございましょう？」

「この不動明王、俺たちが貰《もら》って帰っていいか？　今コイツは気絶状態にさせてるんだが、俺の土地で飼育したいんだ」

俺がそう聞くと……長老は口をポカンと開けた。

「あの……今なんと仰いました？」

「飼育したいから、不動明王を貰って帰りたい」

「不動明王を……飼育ですと⁉」

再度俺の目的を聞いた長老は、目を白黒させだした。

しばらくして気を取り直すと、長老はこう言った。

「す、すみません……。もちろん不動明王はあなたの物です、お好きになさっていただければ幸いです。ただ、かの凶暴な不動明王を、まさか家畜にしようなどと考える者がいるとは考えも及ばず……面食らってしまいました」

ああ、長老目線だと俺の言ってることって「厄災を飼う」ということになるのか。

そりゃビックリされても仕方ないか。

何にせよ、不動明王を貰うこと自体はＯＫということなので、俺としてはそれがはっきりしただけで十分だ。

「ありがとう、じゃ、貰って帰るよ」

俺は頭だけひょこっと出していた不動明王の頭をアイテムボックスにしまい直した。

これだけ卵集めを熱心にやっておきながら、まさか牛乳の調達の方が先に解決するとはな。

人生何があったか分からないもんだ。

あとは有事対応パッケージを用意して、それと引き換えに卵を貰えれば万事解決なのだが。

などと考えつつ、俺は応接室を後にしようとした。

が……その時、長老が慌てたように声をかけてくる。

「待ってくだされ！」

「どうした？」

「これをお忘れですぞ！」

何かと思うと――なぜか長老は、そう言って俺にガルス＝ガルス＝フェニックスの卵を差し出してきた。

あれ……これはいったいどういう風の吹き回しだ？

もしかして、不動明王を倒したお礼としてくれようとしているのだろうか。

それならそれでありがたいんだが、有事の際に神が降臨するという伝承の卵を渡してもらっちゃって、村的に問題は無いのだろうか。

「貰っていいのか？　その卵、神を呼び出すのに必要なんじゃ……」

「だから本日こちらへいらっしゃったのでしょう？」

……ん？

どういうことだ。

ますます意味が分からなくなってきたぞ。

困惑していると、続けて長老はこう口にした。

「初めから仰っていただければ良かったでしたのに。貴方《あなた》こそが、この卵によって村の有事に降臨なさる神である、と」

あれ……もしかして俺、不動明王を討伐したことで伝承の神ってことになっちゃったのか？

そんなこと、有り得るのか？

「供物を持ち主に返上するのは当然のことです。お受け取りくだされ」

お礼ではなくて……俺が神本人だからという理由で、献上されようとしているのか。

俺は神でも何でもないんだが、これ、貰っちゃって大丈夫か？

……まあいいか。

もともとその伝承自体がガセなので、俺が卵を受け取ることで本物の神が怒るなんてことにはならないんだし。

「すまないな。じゃあありがたく頂くよ」

「とんでもないことでございます。本来の持ち主のもとに戻すだけのことで、お礼を言っていただくなど……」

なんか微妙に罪悪感が残る気がしないでもないが、俺は卵を受け取ることにし、アイテムボックスに収納した。

なんか思ってもみない流れで欲しかったものが全部手に入ってしまったな。

これで明日からは、家畜を育てるフェーズに移行できるぞ。

などと考えつつ、俺は今度こそ応接室をあとにしようとした。

すると……再度引き留める声がかかった。

「お待ちくだされ！」

「……どうした？」

今度は何だ？

「あの……もしよろしければ、今夜開催する祭りに主賓としてご参加くださいませぬか。せっかく神様が降臨なさったのです。ご本人がいるところで祀《まつ》らせていただきとうございます！」

え、それって……俺を祀るイベントを今夜急遽《きゅうきょ》開くから、祀られてくれっていうことか⁉

卵を貰うまではいいとしても、流石《さすが》にそれは気まずいぞ。

と思ったが、なんて言って断るか迷っているうちに、ヒマリがこんなことを言ってしまった。

「わーい祭り！　楽しそうですー！」

それを聞いて、長老は水を得た魚かのごとく勢いづいてこんなことを言い出した。

「ほらほら、お付きの天使様までこう仰ってるじゃないですか。ここはぜひ！」

俺が神扱いなせいで、ヒマリが天使ってことになっちゃってるんだが。

それはまあいいとしても……ヒマリがこうも嬉《うれ》しそうでは、一気に断りづらくなっちゃったな。

「……分かった。参加しよう」

仕方がないので、今夜はこの村にいさせてもらうことにした。

神扱いってのも、いろいろ大変なもんだな……。


一晩かけてしっかりと祀られた俺は、明け方になってようやく自宅に戻ることができた。

帰宅が零時を回るなんて前世以来だ。

それもあって、次の日の朝起きてみたら、既に時刻はお昼前となっていた。

「ふぁ～あ」

大きくあくびをしながら、俺はゆっくりとベッドから起き上がる。

それじゃ今日は、やっとこさ卵を集めきることができたガルス＝ガルス＝フェニックスと、その過程で偶然手に入った不動明王の飼育をする日だな。

朝食を食べ終えると、俺は浮遊大陸——に向かう前に、まず農業ギルドに寄った。

飼料用のトウモロコシを育てようと思ったからだ。

400ヘクタール分のトウモロコシの種を購入すると、俺は浮遊大陸に移動した。

ヒマリに整地してもらい、DEX《器用》任せ法でいっぺんに種を蒔《ま》き、シルフに恵みの雨雲を出してもらって成長促進剤400HA1Yを散布する。

トウモロコシを全部収穫したところで、ようやく畜産開始だ。

俺はガルス＝ガルス＝フェニックスと不動明王用に離島を二つ作成した。

順番はどうでもいいんだが……気分的に、まずはガルス＝ガルス＝フェニックスから育てるとするか。

俺はアイテムボックスから七つの卵を取り出した。

これに向かって祈れば復活するんだよな。

俺は卵の前で手を合わせて目をつむり、一礼してみた。

すると——。

「な……何だ!?」

突如として、空が急に真っ暗になった。

と思ったら、あらゆる方向から無数の流れ星が飛び交い始めた。

一方卵はといえば……七つともが一斉に、黄金色にまばゆく輝きだした。

「まぶしっ」

光量が卵を直視していられないほどになったので、思わず俺は目をつぶった。

ようやく光が落ち着いてきたかというタイミングで薄く目を開いてみると……そこには一匹のヒヨコが。

完全にヒヨコの発光が収まると、それに呼応するかのように空も明るくなった。

「ピヨッ?」

ヒヨコは俺と目が合うと、微《かす》かに鳴き声をあげて首をコテンと傾けた。

どうやら無事、復活させることができたみたいだな。

このまま育成に入れそうだ。

「特級建築術」

俺はヒヨコを飼うための小屋を用意した。

無限の土地があるので、ケージ飼いではなく平飼いにするつもりではあるのだが、何か一つ建物があると何かと便利だろうと思ってのことだ。

早速餌をあげたいところだが……そのまえにいくつか、やっておかなければならないことがあるな。

俺は超魔導計算機を起動し、「ゲノムエディタ」を立ち上げた。

ゲノムエディタにヒヨコの遺伝子を取り込んだら、「飛散」と打って検索する。

「……あった」

俺が目をつけたのは、「転生用卵飛散範囲」というパラメーター。

一回育てるたびに世界中に卵を探しに行かないといけないのは億劫《おっくう》だからな。

まずはこれで七つの卵が散る範囲を限定し、復活の手間を最小化するのだ。

範囲は――「この離島内のみ」とかでいいか。

俺は飛散範囲が離島の半径と等しくなるようにパラメーターを動かした。

これで一応、鶏の品種としては完成形だ。

だがゲノム編集がこれで終了かというと実はそうではなく……一時的に加えたい改良が、まだ一つ残っている。

俺は今度は検索バーに「転生用卵」と入力した。

するとまた、色々なパラメーターの候補が出てきたのだが……その中で、俺は「転生用卵の個数」という項目に着目した。

パラメーターを開いてみると、デフォルトの値は「1セット」となっていた。

これは要するに、「この鶏が生涯に産む卵のうち最後の七個が転生用卵となり、その卵により一羽の鶏が再生しますよ」という意味だ。

このセット数を増やすとどうなるかというと――例えば2セットにしたら最後の十四個が転生用卵となり、転生後二羽の鶏が復活することとなる。

平たく言えば、転生用卵を産む数を増やすことで、転生のタイミングで鶏そのものの数を増殖させることができるのだ。

流石に一羽だけの鶏を育て続けるのは効率が悪いからな。

一旦《いったん》これで鶏の数を爆増させ、その上で転生用卵の個数を元に戻し、多数のガルス＝ガルス＝フェニックスを並行して育てようと考えたわけだ。

鶏の一生の間の限界産卵数は平均で千五百個なので……少し余裕を持たせて、転生用卵の個数は200セット（＝千四百個）としてみるか。

そのパラメーター調整を済ませると、俺は遺伝情報を書き出してシルフに渡した。

「この鶏を、この塩基配列に書き換えてもらえないか？」

「「「はーい！」」」

シルフ達による品種改良が終わったら、いよいよ餌やりだ。

収穫したトウモロコシをいくつか取り出し、実を外す。

これに……成長促進剤を混ぜることができれば一気に鶏まで成長させられそうなもんだが、果たして成長促進剤って動物にも効果があるものなのだろうか？

「なあ、このトウモロコシに成長促進剤をかけて食べさせたら、このヒヨコって一気に成長するか？」

俺はシルフにそう尋ねてみた。

「だめだよー」

どうやらそうは問屋が卸さないみたいだ。

となると、早く卵を得ようと思ったら「餌をやっては『時空調律』で時を飛ばす」サイクルを繰り返しまくるしかないのだろうか。

と思ったが、しかし。

続けてシルフはこう補足した。

「でも、あたしがちょーりつしてはいごーしたら、どーぶつにもちゃんときくよー！」

なるほど。普通に混ぜても意味がないだけで、シルフによる調律というプロセスを踏めば植物用の成長促進剤も動物に効くようにできるのか。

じゃあその方針でやってもらおう。

「分かった。ならこれを混ぜてくれ」

俺は成長促進剤１Ａ１０ＹＮＣをシルフに渡した。

「おっけーい！」

シルフはそれを受け取ると、トウモロコシの実に適量をふりかけた。

「ちょっとまってねー！」

そう言うと、シルフは目を瞑《つぶ》り……何やら俺には聞き取れない言語でブツブツと呟《つぶや》きだした。

数秒後、成長促進剤がかかったトウモロコシは束《つか》の間虹色《まにじいろ》に光り、それからまた元の色に戻った。

「これで、さいこーのしりょー、かんせーい！」

どうやら調律と配合は上手《うま》くいったみたいだ。

そしたらこれをヒヨコにあげて……と思った矢先のこと。

俺がヒヨコに餌を近づけるまでもなく、ヒヨコがまるでバーゲンセール時のおばちゃんのような勢いで配合飼料に突っ込んできた。

「これは……一体？」

あまりのヒヨコの変貌《へんぼう》に戸惑った俺は、思わずシルフにそう質問した。

「あじをひよこのみかくにあわせて、さいてきかしたんだよー！」

なんと。ただ成長促進剤の調律をしただけじゃなく、そんな調整までしていたのか……。

そりゃヒヨコがこうなるのも納得だな。

理由が分かって安心した俺は、しばらくの間ヒヨコをただ観察することにした。

小動物が熱心に餌を食べる様子はやはりかわいいな、などと思いながら見ていると、次第にヒヨコに変化が起こり始めた。

突如としてサイズが大きくなり始めたかと思うと、瞬く間に成鳥の鶏に変貌してしまったのだ。

なるほど。動物だと、成長促進ってこんな形で現れるんだな。

今まで植物のしか見てこなかったから、見てて新鮮で面白いな。

などと思っていると……今度はまた別の見慣れない現象が起き始めた。

成鳥となったガルス＝ガルス＝フェニックスが、トウモロコシを食べるそばから卵を産卵しだしたのだ。

なんか凄《すご》くシュールな光景だ。

産み出された卵はといえば、きれいな赤玉ではあるものの、今まで集めてきた転生用卵とはまた違った色合いをしていた。

おそらくこれは食用の卵だな。

転生用卵の個数を限界ギリギリにせずある程度余裕を持たせたため、最初のうちは転生用卵ではなく食用の卵が出てくるのだろう。

それからしばらくは、ひたすら食用の卵が出てき続けた。

しかし百個くらいの食用の卵が産み出されたところで、今度は出てくる卵が転生用卵と同じ見た目のものに切り替わった。

切り替わってから七つ目の卵が産み出されたところで……卵は光りながら上空へと浮かび上がり、その次の瞬間、卵がバラバラの方向に飛び散っていった。

本来なら、こうやって世界中に卵が散らばるのだろう。

今回は品種改良のおかげで、全《すべ》ての卵が離島内に落下してくれたが。

離島のあちこちに散った卵を回収し終えて戻ってみると、ちょうど次のセットの七個が産み出されたところだった。

その七個も先ほどと同じように、光りながら宙に浮かんでは離島内の各地へバラバラに飛散した。

……これ、逐一拾うのは効率が悪そうだな。

回収は残り199セットが全部散らばってからにするとするか。

「時空調律」

俺は若干鶏が餌を食べるスピードを早め、産卵効率を上げた。

その状態で数分待つと、200セット全ての転生用卵の産卵が終了した。

最後の一個が産み出されると、鶏は「キエェッ！」と短く鳴いた後、ポンと音を立てて鶏肉《とりにく》へと姿を変えた。

へえ、残った身体《からだ》のほうってそうなるんだ。

不死鳥というくらいだからてっきり老いた身体の方は灰にでもなってしまうのかと思っていたが、これは儲《もう》けものだな。

鶏肉をアイテムボックスにしまうと、俺は離島のそこかしこに散らばっている199セット分もの転生用卵の回収を始めた。

回収が完了すると、俺は全ての転生用卵を一か所に集め、そしてそれら全てに向けて祈りを捧《ささ》げた。

するとさっきと同じく、また空が急に暗くなったが……今回は流れ星の数が段違いで、そのせいで明るさは昼間レベルとなってしまった。

卵が放つ光量の方も半端ないので、俺は腕で目を覆ってやり過ごすことにした。

腕から微かに漏れて入ってくる光がなくなったように思えたところで目を開けてみると……俺の前には、二百羽のガルス＝ガルス＝フェニックスの幼鳥がいた。

よし、増殖成功だ。

これをまた何も手を加えず育てたら次は四万羽になってしまうが、現段階ではそこまで必要とは思えないので、こいつらに関しては「転生用卵の個数」を元の1セットに戻しておこう。

俺はゲノムエディタで「転生用卵の個数」が1セットのバージョンの塩基配列を書き出すと、シルフにこう頼んだ。

「今度はこいつら全員をこの塩基配列に改良してくれ」

「「「りょーかーい！」」」

これでガルス＝ガルス＝フェニックスの個体数は常に２００を維持することになるし、産み出す転生用卵の個数が減ったことで食用卵の産出数が増えることになるわけだ。

それじゃ餌やりといこうか。

俺は先ほどの二百倍の量のトウモロコシを取り出した。

「今度はこれに成長促進剤を配合してくれ。あと俺のＡＧＩ《敏捷》のシンクロ率を最大にしてくれ」

「「「いえっさー！」」」

おそらくこのままだと、配合が終わった瞬間餌のある一か所に二百羽のヒヨコが全集結してしまうだろう。

それはそれで如何《いかが》なものかと思ったので、俺はシルフたちにＡＧＩを上げてもらい、配合完了直後に離島内全域に飼料を分散配置することに決めた。

配合現場に一番近い位置にいたヒヨコが目の色を変えそうになった瞬間、俺はトウモロコシを抱えて全速力で離島内のあちこちに小分けにしていった。

すると、ヒヨコたちは目論見《もくろみ》通り色んなところにある餌に散らばって食事を開始してくれた。

ここまで来れば、あとは様子を見守るだけだ。

ヒヨコが程なくして成鳥の鶏《とり》となり、食用卵の産卵を始めた。

それからもずっと待っていると、最後に鶏たちは転生用卵を産卵し、鶏肉へと変貌した。

これで約三十万個のガルス＝ガルス＝フェニックスの鶏卵と、オマケとして２００羽分の鶏肉ゲットってなわけだ。

これだけあればしばらくは事足りるので、転生用卵も含め、一旦離島にあるものは全部アイテムボックスに引き上げるとしよう。

「みんな、卵とか鶏肉とか集めるの手伝ってもらえるか？」

「「「もちろんだよー！」」」

俺はシルフたちと手分けして膨大な量の卵と鶏肉を回収した。


お次は不動明王だ。

俺は今日作ったもう一つの離島に移動すると、まずは離島を少し離れたところへと移動させた。

移動の理由は、気合砲対策だ。

おそらくだが、不動明王を気絶から回復させると、びっくりして気合砲を放たれるリスクが少なからずある。

その時他の離島や浮遊大陸本体が近くにあると、そこにまで気合砲の効果が波及する恐れがあるので、その事態を予防するために一旦距離を取るのである。

十分距離を取れたと判断したところで、俺はアイテムボックスから気絶中の不動明王を取り出した。

「ヒール」

そしてチョップを放ったところに回復魔法をかけ、不動明王を回復させる。

「ブモッ?」

回復した不動明王は目を開けると、ゆったりとした動作で起き上がった。

かと思うと、次の瞬間――髪がフワッとなびく感覚がした。

それと共に、背後で夥《おびただ》しい量の砂煙が舞う。

やはり、起きた瞬間に攻撃してきたか。

予備動作がなさすぎて、起こしてからだと対策の打ちようがなかっただろうから、あらかじめ離島を隔離しておいて正解だったな。

さて、初手の気合砲はバッチリ対策できたわけだが、今後飼育しようと思ったらコイツから敵意を削《そ》いで手懐《てなず》けないといけないんだよな。

どうしたらいいだろうか。

とりあえず……美味《おい》しい餌で懐柔できるか試してみるか。

「みんな、この牛の味覚に合わせて味を最適化することってできるか?」

「「「もちろんー!」」」

不動明王向けの味付けも、シルフたちにはお手の物のようだ。

俺はアイテムボックスからそこそこ大量のトウモロコシを取り出し、実を外した。

そして成長促進剤1A10YNCが残りわずかとなっていたので新品を一個ダビングして、それをシルフに渡した。

「これを調律しつつ、味を最適化してくれ」

「「「はーい！」」」

シルフによる調律と最適化が完了すると……おもむろに不動明王が顔を飼料の方に向けた。

そして、のそのそと飼料に近づいてきた。

さっきのヒヨコを見た後だと非常にゆったりとして見えるが……多分これは飼料への関心があまり高くないというわけではなく、これでも不動明王の全速力なんだろうな。

その証拠に、不動明王は飼料に到達すると一心不乱に餌を食べだした。

「このこ、もーおこらないよー！」

「これをたべつづけられるなら、まんぞくだってー！」

シルフたちは不動明王と心が通じ合っているそうで、不動明王の心理状態についてそんなお墨付きを出してくれた。

本当にこの餌一本で懐柔できちゃったな。

これでもう、離島を元の位置関係に戻せるぞ。

俺は離島を他の島々の近くまで移動させた。

とりあえずこれで飼い慣らすことには成功したわけだが、ここから牛乳や牛肉を手に入れようと思ったら、個体数を増やす必要があるな。

百科事典曰《いわ》く、この牛は単性生殖とのことなんだが、どうやって増やせばいいんだろうか。

「この牛……増やすことってできるか？」

増やし方を調べようかとも思ったが、その前にまず俺はシルフに聞いてみることにした。シルフが答えを分かってたら、その方が早いからな。

「ふやしたいのー？」

「ああ」

「わかったー！　やってみるねー！」

やってみる……？

もしかしてシルフ、やり方を知ってるどころか自分で不動明王の増殖を制御できるのか。

まさかの期待以上の返事だな。

俺はシルフによる増殖操作を見守ることにした。

しばらくの間、シルフが不動明王に手を翳《かざ》していると……とんでもない光景が目の前に広がり始めた。

なんと不動明王、頭が二つに分かれたかと思うと、まるでアメーバのようにみょーんと真ん中から分裂してしまったのだ。

分裂した不動明王は、片方は子牛サイズ、もう片方は分裂前よりは若干体積が減ったものの依然として巨大なサイズといった感じになった。

子牛サイズが子どもで、巨大サイズが親って感じか。

アメーバとかは分裂した個体は両方とも子どもって定義だった気がするが、不動明王の場合はそうじゃないんだな。

まあ、考えてみれば当然か。

単性生殖とはいえ哺乳類《ほにゆうるい》なんだから子に授乳できる存在が必要だし、そもそも親が消失してしまうんであればこちらも牛乳を手に入れようがないからな。

これであとは、親から牛乳を得つつ、子どもを大きく成長させればいいってわけだ。

ただし……それにあたっては、懸念点が一個残ってるな。

それは「搾乳しようとしたらまた気合砲を放たれてしまうんではないか」という問題だ。

今は手懐けられている状態の不動明王だが、本来子にあげるはずだった牛乳を俺たちのものにしようとしたら、気が変わって抗戦モードに入られてしまうかもしれない。

搾乳に入る前に、そうならないための対策をいくつか講じる必要があるだろう。

まず何より最初にやるべきは、さっさと子を成体にしてしまうことか。

授乳するまでもなく子どもが大人になってしまえば、牛乳を俺たちが利用するということについて理解を得られる可能性が高まるだろうからな。

普通であればそんなことは不可能だが……成長促進剤配合飼料がある俺たちにとっては、その程度朝飯前だ。

「ちょっと子どもの分の飼料の成長促進剤配合濃度を上げてもらえるか?」

「「「おっけーい!」」」

俺はシルフに頼んで、子の分の飼料の成長促進効果を高めてもらうことにした。

「「「できたよー！」」」

子が新しい飼料に口をつけると……瞬く間に、そのサイズは成牛の不動明王並みにまで成長した。

あとは親牛の理解を得るだけだ。

「親牛のほうに牛乳をもらえるよう説得してもらえないか？」

「おっけー！」

「まかせてねー！」

「ちょっとまってねー」

俺は交渉をシルフたちに任せることにした。

五分ほどして、シルフたちから交渉の結果報告があった。

「こどももおっきくなったからいいってー！」

「だいじょーぶだってー！」

「このえさのためなら、そのくらいのおれいはするんだってー！」

交渉は無事成立したようだ。

「子どももおっきくなったから良い」、か。

思いつきでやったことだが、子を成牛まで成長させてしまうという俺の作戦は有効だったんだな。

じゃ、牛乳を手に入れさせてもらうとするか。

そのためには搾乳施設が必要なので——。

「特級建築術」

俺はこの離島の端に施設を建築した。

せっかくなら関連施設は全部併設する形にしたほうがいいと思ったので、搾乳・精製・各種乳製品への加工がどれも行える多機能施設にすることにした。

「あの建物に親牛を誘導してくれ」

「「「はーい！」」」

シルフたちの誘導により、親牛の不動明王はのそのそと施設内に移動していく。

施設内にて、俺は餌やりや「時空調律」を駆使して取れるだけの生乳をゲットした。

10トンほど手に入ったところで牛乳が出なくなったので、そこで搾乳は終了とすることに。

親牛の不動明王は施設を出ると、再び成長促進剤配合飼料をムシャムシャとむさぼり始めた。

施設にて、生乳を牛乳に加工し終えると、俺はそのほとんどを二万本弱の500ミリリットル瓶に充填《じゅうてん》してアイテムボックスにしまった。

残りのうち一部は、ショートケーキ作りを見据えてバターと生クリームに加工した。

その作業を終えて外に出てみると……予想外の光景が目の前に広がっていた。

外には一体の不動明王の他に、巨大な枝肉が鎮座していたのだ。

これは一体……？

「なあ、この肉はなんだ？」

「せいちょーそくしんざいいりのえさをたべすぎて、じゅみょーがきちゃったんだよー！」

「じゅみょーになったふどーみょーおーは、ひとりでににくかいになるんだよー！」

あ、これも肉に関してはガルス＝ガルス＝フェニックスと同じシステムなのか。

それはありがたいな。

まとめると、今後は不動明王の飼育サイクルとしては「子を分裂させる↓子を成長させる&親から搾乳↓寿命まで餌を食べさせて枝肉を獲得」を繰り返せばいいってことか。

頭数を増やしたい場合は、搾乳↓寿命までの間でもう一回子の分裂をさせるとして。

今日のところは、こんだけ牛乳と牛肉が手に入っていればもう十分すぎる量だ。

あとは成長促進剤無配合の餌でも置いて、放牧しておくことにしよう。


夕方になり、ミスティナが店にやってくると、俺は新料理開発のために今日店を早じまいすることを伝えた。

その後一旦《いったん》はアパートに戻って休憩を取ったが、短縮した営業時間が終了する頃《ころ》になると、俺は再び店を訪れた。

「お疲れ様です！」

「ああ、お疲れ」

「新料理開発とのことですが……今日は何を作るんですか？」

「今日はな、揚げ手羽とショートケーキを作ろうと思っている」

厨房《ちゅうぼう》に入ると、ミスティナがこれからやることを尋ねてきたので、俺は調理予定のメニューを答えた。

もともとはショートケーキだけ作る予定だったんだがな。

卵の副産物でガルス＝ガルス＝フェニックスの鶏肉《とりにく》も手に入ったもんだから、急遽《きゅうきょ》作りたいメニューが増えたのだ。

揚げ手羽は俺が前世で大学生だった時、行きつけの定食屋でよく頼んでた大好物のメニューだった。

その定食屋は個人経営の店で、チェーン展開とかはしていなかったため、就職してからはなかなか行けなくなってしまっていた。

前世でもかなりの期間食べてないなあと思いつつありつけずにいた料理だったので、俺は昨日《きのう》鶏肉を目にしたことでその記憶が頭をよぎり、再び食べたい欲が湧《わ》いたのだ。

ただでさえ大好物だった料理だ。

最高の食材でつくれば、さぞ美味しいこと間違いなしだろう。

作る順番は……ケーキはデザートなので、まず揚げ手羽からがいいだろう。

「使う食材はこれだ」

俺はアイテムボックスから何羽分かの鶏肉と卵を三個ほど取り出した。

「まずはこれを解体して、手羽先と手羽元の部分を集めてくれ」

「承知しました！」

指示すると、ミスティナは華麗な包丁さばきで瞬く間に鶏肉を切り分けた。

切り分けてもらった肉のうち手羽以外の部分はアイテムボックスに戻し、手羽には酒と塩コショウをかけてよく揉《も》み込む。

「時空調律」

本来下味をつけるために待つはずの三十分ほどをスキップすると、次は衣をつける作業だ。

卵と小麦粉を下味のついた手羽肉に加えたら、しっかりと混ぜていく。

「そろそろ油を温めておいてくれ」

「承知しました！」

ミスティナが170度くらいの油を用意してくれたところに、俺は衣のついた手羽肉を投入していった。

五分くらいくっつかないようにするために裏に返したりしながら待っていると肉が浮いてきたので、あとは仕上げで三十秒ほど強火で揚げたら完成だ。

三皿に取り分けた揚げ手羽をテーブルに並べ、全員で席に着く。

「「「いただきます！」」」

挨拶《あいさつ》をしてから、俺は一口目を口に運んだ。

食べた途端――口の中に懐かしい味わいが広がった。

これだよ、これこれ。

このゼラチン質たっぷりのコクのある味わいが欲しかったんだ。

普通の唐揚げも美味《おい》しくはあるんだけど、手羽先や手羽元で作ると旨味《うまみ》が一段と違うんだよな。

唯一大学生の時に食べてたのと違う点は、肉質の圧倒的な柔らかさだな。

高級肉で唐揚げを作ったらこうなるのか。

「ん〜〜〜!」

ヒマリは恍惚《こうこつ》とした表情で次から次へと揚げ手羽を口に運んでいた。

言葉も出ないくらいに美味しいようだ。

「ここまで質のいい鶏肉、私人生で初めて取り扱いました。これ、どこで手に入れたんですか?」

「世界中から七つの卵を集めて、不死鳥の鶏を復活させた」

「あ、ヒマリさんが最近言ってた『マサトさんと世界旅行をしている』って、そのことだったんですね! こんなにも極上の食材調達に奔走してくれてありがとうございます!」

ヒマリ、ガルス=ガルス=フェニックスの卵集めのことをミスティナに世界旅行って説明していたのか。

あれは旅行と言えるのか?

あ、もしかして例の長老の村で俺が「旅人だ」なんて言ったせいだろうか。

まあいいや。今はとにかく揚げ手羽の味に集中しよう。

一口、また一口と堪能していると、いつの間にか皿が空っぽになった。

ふう、よく食ったな。

これであとは、デザートを別腹に入れたらちょうど良さそうだ。

「じゃ、次はショートケーキを作るぞ」

再び厨房に戻ると、俺は使う材料を出していった。

卵、グラニュー糖、小麦粉、バター、生クリーム、そして主役のフラガリアーアトランティスをキッチンの上に並べる。

「おいこらヒマリ、つまみ食いをするんじゃない」

「すみませ～ん。つい！」

ヒマリが食べてしまった分のフラガリアーアトランティスを追加でアイテムボックスから出したら、調理開始だ。

「ミスティナ、ショートケーキって作ったことあるか？」

「ええ、一応は。上級貴族向けのオーダーメイドを数回やった程度の経験しかないですし、ここまで上質な食材で作るのは初ですが……」

ショートケーキは別に日本食ではないので、もしかしたら既にミスティナが作り方を知ってるかと思って聞いてみたところ、その予想は当たりだった。

「じゃ、任せていいか？」

「はい、頑張ります！」

ミスティナはそう言って、すぐに作業に入った。

まずメレンゲを作り、卵黄や小麦粉、溶かしバターと混ぜ合わせて生地を作っていく。

それをオーブンで焼いている間に、生クリームからホイップクリームを作った。

「ふわぁ、早く食べたいですー！」

作る工程を見ただけで、ヒマリはかなりテンションが上がった様子だった。

「マサトさん、ヒマリさんもああ言ってるので、オーブンに時空調律をかけてもらっていいですか？」

「ああ、了解。どのくらい時を飛ばせばいい？」

「とりあえず二十五分くらいで！　あとは様子を見ながら調整させてもらえればと」

「分かった。時空調律」

オーブン庫内の時を飛ばすと、ケーキの生地が焼けた時のフワッとした甘い香りが立ち昇った。

「おっ、良い感じですね……あと三分くらいですかね？」

「承知した」

フラガリアーアトランティスを切りながらこちらの様子を窺《うかが》うミスティナの指示を受け、更にもう一押し時を飛ばす。

「完璧《かんぺき》です！　オーブンから出してください！」

「分かった」

俺はオーブンの火を止め、生地を取り出した。

「すみません、何度も同じことばかりお願いして恐縮ですが……粗熱を取るためにもう一回時空調律して頂いていいですか？」

「もちろんだ」

生地に時空調律をかけて冷ますと、ミスティナはそれを三層に切り分けた。

それぞれの層の間にスライスしたフラガリアーアトランティスを配置し、隙間《すきま》をホイップクリームで埋めては次の層を重ねる。

それをもう一度繰り返すと、生地全体を覆うようにホイップクリームを塗っていった。

最後に、仕上げとして切っていないフラガリアーアトランティスをケーキの上に並べていく。

「できました！」

「おおおお！」

出来上がったケーキを見て、ヒマリは目をキラキラと輝かせた。

「超級錬金術」

ケーキ専用のナイフを錬金したら、早速ケーキ入刀だ。

「これで切ってくれ」

「分かりました。……凄《すご》い切れ味ですね。こんなに綺麗《きれい》にケーキを切り分けられるのは初めてです！」

ナイフを渡すと、ミスティナはケーキを完璧な六等分に切り分けてくれた。

それをテーブルに運ぶと……。

「「「いただきます！」」」

待ちに待った実食だ。

まずは先端からフォークで切り分け、口に運ぶ。

「……むむむ！」

口に入れた瞬間、俺はあまりの美味《うま》さに一瞬動きが固まった。

クリームの滑らかな舌触りと、フワッフワのスポンジ部分の調和。

口全体に広がる柔らかな甘味。

遅れてやってくる、フラガリアーアトランティスの果汁によるスッキリとした後味の良さ。

一連の完璧な味の変遷に、俺は天国に連れていかれるような感覚を覚えた。

これが極上食材のドリームチームってやつか。

割と前世から馴染《なじ》みのある食べ物のはずなのに、この世界に来て初めて味わう料理かと思ってしまったぞ……。

ここまで最高に美味しいと、頑張って卵集めに奔走した甲斐《かい》もあったというものだ。

「ひゃああ、何なんですかこれ。食べれば食べるほどお腹《なか》が空《す》くんですけど……！」

ふとヒマリを見てみると、既に一切れ食べきって、二切れ目に突入していた。

同感だな。俺も、揚げ手羽を食べて膨れていたお腹はどこへ行ってしまったんだろうって感じているところだ。

「苺《いちご》単品でもあんなに美味しかったのに……もはやこの食べ方以外考えられないくらい美味しいですね……」

「卵も牛乳も最高だもんな」

「ちょっと、牛乳も単品で飲んでみていいですか？　私の予想だと、これに使った牛乳、世界トップクラスで乳脂肪分が高いものだと思うのですが……」

ミスティナ、ケーキから逆算してそんなことまで分かるのか。

流石《さすが》は一流の料理人の解析力、もはや歩く電子顕微鏡だな。

「これだ」

俺はアイテムボックスから一本牛乳を取り出し、ミスティナに渡した。

「……やっぱり。こんな濃い牛乳を使ってれば、ここまで美味しくなるのも当然ですね」

ミスティナは牛乳を飲むと、そんな感想を口にした。

なんか人が牛乳飲んでるのを見ると俺も飲みたくなってきたな。

よく考えたら、ケーキと牛乳って定番の組み合わせだし。

俺はもう一本牛乳を取り出して飲んでみた。

……うん。ミスティナの言う通りだな。

何というか、ジャージー牛の一段上を行く濃さって感じだ。

「これでアイスとか作ったら凄そうですね」

「だな」

「ワタシも食べてみたいですー！」

そういうことなら、いっそついでに作ってしまうか？

ミスティナの退勤時間は……まだ大丈夫そうだな。

生地の焼き上げを「時空調律」で早めた分時間が浮いたからか。

これならちょうど作る時間もあるし。

「じゃ、食べ終わったら作るか」

「そうしましょう！」

「やったー！」

「味はバニラとストロベリーでいいか？」

「そうですね！」

俺たちはケーキを食べ終えると、アイス作りに入ることとなった。

アイスもケーキに負けず劣らず極上の味だった。


次の日。

朝起きて、何の気なしにぼーっとアイテムボックスの中身を眺めていると……俺は今日の夕食をステーキにしたくなってきた。

百科事典には「全身がシャトーブリアン」と書いてあったものの、正直言うと俺、前世含めて人生でシャトーブリアンを食べたことが一度も無いんだよな。

テレビとかで名前は聞いていつか食べてみたいとは思っていたものの、薄給すぎて手を出せなかったのだ。

せっかく超巨大な枝肉も手に入ったことだし、幻とまで言われるその味を体験してみたい。

気づけば俺は、口の中が完全にステーキを食べるモードになっていた。

そうすると……ただのステーキ単品じゃなく、ある程度添え物も欲しいところだよな。

バターと人参《にんじん》はあるのでグラッセは作れるとして、あと一品何かキノコ類をつけたいところだ。

アイテムボックスにあるものでいえば松茸《まつたけ》があるが……他に何か選択肢はないだろうか。

ベニテングタケがいければそれが最善なんだが、どうせなら三人揃《そろ》ってステーキを味わいたいし、そうするとミスティナに毒キノコを食べさせるわけにはいかないのが難しいところだよな。

ま、無難に松茸でいいか。

と思いかけた俺だったが……直後、考えが変わった。

いや。どうせなら今日は、どうにかこうにか工夫して一般人がベニテングタケを食えるようにできないか試行錯誤する日にするか？

そうだ、それが面白そうだな。

気が変わった理由は一つ。

ミスティナが超一流の天才料理人だからだ。

あれほどの才能の持ち主があの強烈な旨味《うまみ》を体験すれば、必ず何か今後の料理に活《い》かせるものがあることだろう。

その機会を、ただ生命力が一般人並みというだけで損失するのはあまりに勿体《もったい》ないのではないか。

そう考えると、普通の食用キノコで妥協するという選択肢が俺の脳内から消え去ってしまったのだ。

「ヒマリ、出かけるぞ」

「どこに行くんすかー？」

「そうだな……シラカバが生えてる森とか林とか、まあ適当にそんなところで」

俺はヒマリに頼み、ベニテングタケが生えてそうな場所に連れて行ってもらった。

ヒマリと共に着陸した林に降り立ち、しばらく歩いていると、程なくして俺は一個目のベニテングタケを見つけた。

これをどうやってミスティナが食べれる形にしていくかだが……今回の「工夫」においては一つ、守るべき条件がある。

それは「無毒化しないこと」だ。

というのも、今回俺がベニテングタケをミスティナが食べれるようにしようと思ってる理由は、その強烈な旨味を体験してほしいから。

そしてベニテングタケの旨味成分は、イボテン酸という毒成分だ。

ここから言えるのは、「毒をなくす＝旨味成分を消してしまう」ということであり、それだと本末転倒なわけだ。

もちろん、アマニチンやムスカリンといった旨味に関係ない毒成分は消し去ってしまって構わないのだが、味の根幹を成すイボテン酸だけはどうにかして解毒以外の形で対処しなければならない。

何か良い方法はないか。

俺は超魔導計算機のゲノムエディタでアマニチンやムスカリンの含有量をゼロにした塩基配列をエクスポートしながら、対処法について思案した。

「とりあえずこのキノコ、この塩基配列にしてもらえるか？」

「「はーい！」」

シルフたちに塩基配列の光の球を渡し、作業をしてもらう間も脳内で様々なアイデアを検証する。

その中で……俺は一つ、使えそうな案を思いついた。

そうだ。毒をなくすんじゃなくて、毒が作用しないようにコントロールすればいいのだ。

毒が毒性を発揮するためには、毒が作用点に到達する必要がある。

溶血毒は血液に、筋肉毒は筋肉に、神経毒は神経に入り込まない限り、体内で悪さをすることはないのだ。

例えば口の中に傷がなければ、溶血毒であるマムシの毒液を舐《な》めても平気なのがその一例だ。

それと同じように、イボテン酸を摂取してから排泄《はいせつ》されるまでの間作用点を回避するようなルートを通らせることができれば、「無毒化せずに毒を無効化する」という命題を達成できるのではないか。

これは我ながら結構良い仮説を思いついたぞ。

イボテン酸は神経毒であり、その主な作用機序は「脱炭酸してムッシモールという物質に変化し、GABA受容体と結合して脳の活動を抑制する」というもの。

ここから言えるのは、この毒は中枢神経にあるGABA受容体と結合させさせなければいくら体内に取り込んでも問題ないということだ。

問題はどうやって、そんな風に毒の行き先を制御するかだが……これについては一つ、参考になりそうな事例がある。

ウイルスによる抗がん剤の運搬だ。

確か前世の先進医療の一つで、癌《がん》細胞を目指して移動する性質を持ったウイルスに抗がん剤を乗せることで、抗がん剤が癌細胞だけに選択的に作用するようにする手法があったはずだ。

それと似たような感じで、「ムッシモールと結合し、神経細胞（GABA受容体）を回避するように動くウイルス」を開発し、体内に取り込んでおけば……いくらイボテン酸やムッシモールを摂取しても平気になれるのではないか。昔チラッとニュースで読んだだけだから間違ってるかもしれないが、試しにやってみる価値はあるだろう。

具体的なところまで仮説を落とし込めたので、早速俺はそういった性質を持つウイルスを開発することにした。

どうやって開発するかだが……何となく、「こんな感じのウイルスを作りたい」と念じながら「超級錬金術」でも使えば作れちゃいそうな気がする。

いっちょやってみるか。

「超級錬金術」

といってもウイルスなんて目には見えないので、俺はウイルスの入ったカプセルを錬金することにした。

数秒すると、目の前にカプセル錠剤が出現したが……果たしてこれはちゃんと俺が願ったウイルス入りのカプセルとなっているのだろうか。

「鑑定」

確かめるために、俺はカプセルを鑑定してみた。

すると、こんな文章が表示された。

●特製ミクロープI
類まれなる能力を持つ究極の農家・新堂将人《しんどうまさと》が開発したムッシモール無効化薬。

スパイクタンパクの形状がＧＡＢＡ受容体と酷似しており、体内に入ったムッシモールを確実にキャッチする。

この物質は、ムッシモールと結合した状態ではあらゆる神経細胞と電気的に反発するため、ムッシモールが作用点に到達することがなくなる。

尚《なお》、この物質は自己増殖能力を持つ上に、増殖のために人体に有害な菌やウイルス、アレルゲン等を猛烈に捕食するため体内に取り込んでおくと一切風邪を引かなくなるというメリットもある。


どうやらウイルスとは書かれてないが、一応ちゃんと目的の物質は作れているようだ。

これでもこの小っ恥ずかしい「類まれなる能力を持つ究極の農家・新堂将人が開発した」が表示されるのか……。

勘弁してくれ。

まあそれは百歩譲って許すとして、なんか想定外のオマケが一個ついてるな。

なんだ、飲んどくと風邪を予防できる薬って。

むしろそっちの方が需要があるまでありそうだな……。

ともかく、これで目的は達成できたんだ。

あとは浮遊大陸に帰って、アマニチンとムスカリンを抜いたベニテングタケを量産するとしよう。

「ヒマリ、ドラゴンの姿に戻ってくれ」

「分かりましたー！」

変身してる間に品種改良済みベニテングタケを収穫し、俺はヒマリに乗せてもらって帰還した。

栽培する数は……いくら薬さえ一緒に摂《と》れば誰《だれ》でも害なく食べれるとはいえ、売りに出して流通させるとかまではちょっと考えにくいし、ハイエンドで大々的にではなくアルティメットビニルハウスでこじんまりと育てるくらいでいいか。

アルティメットビニルハウスを展開すると、俺はその中に入って改良済みベニテングタケの胞子を落とした。

〈その植物を目標栽培植物に指定しますか？〉

「はい」

〈承知しました。環境を調節するので、外に出てしばらくお待ちください……〉

少しの間外で待った後、俺はビニルハウスの中に戻った。

先ほどまき散らした胞子に成長促進剤を滴下し、子実体《しじったい》にまで成長させていく。

二十個ほど育てたところで、ステーキの付け合わせにする分にはこのくらいあれば十分だと思ったので、収穫して外に出てビニルハウスを畳んだ。

あとは、枝肉を精肉してステーキサイズにしたら準備完了だな。

『ミスティナさん、今日ちょっとだけ早めに来てもらえるか？　作ってもらいたいまかないがあるんだが』

『あ、全然大丈夫ですよー！』

シルフの通信でミスティナに連絡を取ってから、俺は不動明王の枝肉を精肉した。

そして一旦《いったん》家に帰ってのんびりした後、ミスティナが店に到着するタイミングに合わせて俺も店に向かった。

「今日は何を作ればいいのでしょうか？」

「ステーキだ。グラッセとキノコも付け合わせで頼む」

俺は厨房《ちゅうぼう》のキッチンに精肉したステーキサイズの肉、バター、人参《にんじん》、ベニテングタケを置いた。

「あの……これは間違いでは？」

材料を一目見て、ミスティナはベニテングタケを手に取りながら怪訝《けげん》な顔でそう聞いてくる。

「いや、間違いじゃないぞ。実は今日、それを食べれるようにするためのものを開発していてな」

「このキノコを……食べれるようにするためのもの？」

「ああ、これだ」

満を持して、俺は特製ミクロープＩのカプセルを取り出して見せた。

「その薬みたいなものは一体……？」

「イボテン酸――このキノコの毒成分を、作用点である神経に到達させないようにするための薬だ。これを飲めば、このキノコの毒を摂りつつも平気でいられるようになる」

「……あ、そういう事ですか！」

そこまで説明すると、ミスティナは合点が行ったようで、ハッとした表情で手をポンと叩《たた》いた。

「このキノコ、確か毒成分が強烈な旨味でもあるキノコですもんね。私、キノコ狩りが好きな知人がこんなことを言ってたのを覚えてます。『これは毒抜きをすれば食えるが、それだと旨味を抜いて食うことになるからもどかしい』って。でもこれがあれば、強烈な旨味を堪能しつつ中毒を回避できるってことですね！」

「ああ、その通りだ」

「ありがとうございます……私このキノコ、一回食べてみたいなと思いながらもずっと食べれないでいたんです。少量なら中毒を起こさないとは聞くものの、やはりどうしても毒に日和《ひよ》ってしまって。安心して食べれるならそんな嬉《うれ》しいことはないです！」

ミスティナは満面の笑みでカプセルを受け取った。

「マサトさんもヒマリさんも、こんなの無くても素で耐えられるのに……わざわざ私のために作ってくれたんですよね。なんかすみません」

「いやいや、天才料理人が知見を広げる糧になるなら、このくらい安いもんだ」

「恐縮です」

「あ、ちなみにこれで耐えれるようになるのは、旨味成分であるイボテン酸以外の毒を排除した改良版のベニテングタケだけだから、これと同じキノコを山で見つけても食べないようにな」

「分かりました！」

薬を飲んだミスティナは、早速調理に取り掛かった。

まずはグラッセとベニテングタケのバターソテーを作り、それからステーキを焼き始める。

「火はどれくらい通ってた方がいいですか？」

「俺はミディアムだな」

「ワタシはレアで！」

焼き加減を指定してしばらく待つと、ステーキが完成した。

肉汁をたっぷりと含んでいながらも、しっかりと中心まで火が通っていることが分かる薄いピンク色の断面が一層俺の食欲を掻《か》き立てる。

「「いただきまーす！」」

まず俺は、ステーキから食べてみることにした。

普通であればグラッセとかキノコソテーとかから行くものなのだろうが、今回はキノコがキノコなので先に食べるとステーキが霞《かす》んでしまう恐れがあると思ったからだ。

口に入れると……俺はまずその食感に驚くこととなった。

「……なんだこの柔らかさは」

肉質が、まるでA5ランクのサーロインや特上カルビといった霜降りでごり押すタイプの肉とほぼ同じ柔らかさだったのだ。

解体している時の見た目の印象はほぼ赤身肉って感じだったため、それとのギャップで俺は衝撃を受けてしまった。

シャトーブリアンの美味《おい》しさって、こういうことだったのか。

通常は、赤身肉は旨味《うまみ》が強い代わりに固いが霜降り肉は柔らかい代わりに脂っこいと、それぞれトレードオフになっているようなもんだが……これはその両者の良いとこ取りをしたような肉。

ステーキの王様の名を冠するだけのことはあるな。

ま、不動明王だからどこを取ってもそういう肉質というだけで、実際今回焼いてもらったのはモモ肉の部分なのだが。

それじゃ次は、ベニテングタケと合わせて食べてみよう。

ステーキの上にベニテングタケの傘を乗せ、一緒に口に運ぶ。

すると……意識が飛びそうなほどの超絶圧倒的な旨味が口の中に広がった。

あ、これは反則だ。

柔らかいステーキの食感にイボテン酸による強烈な旨味のバフが乗って、禁忌とも言えるようなハーモニーが産み出されてしまっている。

よくマインドフルネス瞑想《めいそう》の教本なんかで、「食べている時は味に意識を集中することでより美味しさを味わえます」などと書いてあったりするもんだが……このキノコステーキはむしろ、あまりの美味しさ故に他の思考が全《すべ》て飛んでしまうという逆転現象が起きるレベルだな。

「ふゃぁ……」

いつもなら「うまーい！」とか言ってるはずのヒマリも、これは流石《さすが》に格が違い過ぎるのか声にならない声しか出せなくなっていた。

「この旨味は……お客様に振る舞えないのが惜しいくらいですね。あの薬って、どれくらい開発とか製造のコストがかかったんですか？」

「『超級錬金術』で即席で作ったから、コストはほぼゼロだな。ただ……店でベニテングタケを振る舞うのは、ちょっとどうするか考え物でな。このベニテングタケも、旨味に関係ない毒は除外した改良品だし……薬の効果の噂《うわさ》だけが一人歩きして、『この薬さえ飲んどけば毒キノコが平気になる』みたいな雑な情報が広まったらリスクがあると思うんだ。普及させるにしても、そのへんのリスクをどうコントロールするかは考えさせてくれないか？」

「なるほど……それもそうですね。でも、いつかは普及させられる日が来ると信じたいです！」

ミスティナはこのステーキを食べて、ベニテングタケの一般化を推進したくなったようだ。

そこまで言うなら、説明書を作るとか、リスク対策を講じることを真剣に検討するか？

まあそれは後日考えるとしよう。

ベニテングタケはともかく、不動明王のステーキ自体はすぐにでも店のメニューに追加できるしな。

「ところで、一つ相談があるんだが」

「何でしょう？」

「昨日《きのう》から今日にかけて作った、揚げ手羽とショートケーキとステーキだが……これも店のメニューに追加することってできるか？」

俺はミスティナにそう頼んでみた。

しかし……ミスティナは少し考え込んだあと、複雑そうな表情でこう答えた。

「正直、ちょっと厳しいですね」

「……そうなのか？」

「はい。メニューとしては素晴らしいと思うのですが……客足もどんどん増えてる中、これ以上オペレーションが増えると私のキャパでは捌《さば》ききれる自信がなくて。もうちょっと従業員がいればどうにかなるとは思うんですが……難しいですかね？」

理由を聞いてみると、原因はミスティナがキャパオーバーに差し掛かっていることだと判明した。

それはまずいな。

元ブラック企業で苦しんでた者として、従業員の負担がデカくなりすぎているという事態は一刻も早く解消せねばならない。

ベニテングタケの一般化とかやってる場合じゃないぞ。

「すまない、今まで気付かなくて。可及的速やかに人員を確保できるよう全力を尽くすよ」

「いえいえ！　別に厳しいとはいっても、まだまだ例えばもっと早くから来て料理を作り溜《だ》めするとか、やり繰りのしようは残ってますから……」

「いや、それはナシだな。ホワイトな職場環境を維持できないというのは俺のプライドが許さない。従業員を増やすまでの繋《つな》ぎの数日とかはそういう対応を頼むことになってしまうかもしれないが……恒久的にミスティナさんの負担がデカいようなことには絶対しないから、そこは任せてくれ」

「あ、ありがとうございます……」

と、言い切ってはみたものの……人材集め、多分かなり難航はするだろうな。

何せミスティナに劣らない料理人なんて、世界中探しまくってもそうそう見つかるものではないのだから。

これは持ち帰って色んな案を検討しなければな。

などと思いつつ、俺はステーキを全て平らげて家に帰り、それからずっと様々な方針を考えた。

第二章　店舗従業員増員大作戦

次の日。

一晩考えに考えて、俺は一つの良さげな作戦を思いつくことができたので、今日はそれを実行に移すことにした。

作戦とは――「シルフを更にもう一段階進化させ、器用さを各段にアップさせる」というもの。

この作戦を思いついたきっかけは、昨日悩みに悩んでる時、シルフのうちの一体が「あたし、みせてつだうよー！」と言ってくれたことだった。

確かに、それで解決できれば話は早い。

ミスティナに劣らないとまでは言わなくとも、せめてミスティナが及第点を出すくらいの腕前があれば、それがおそらく最善の選択肢だ。

そう思った俺は終業後、厨房でシルフたちに料理させてみて、ミスティナにその腕前を評価してもらった。

だが残念なことに……その評価は、「申し上げにくいですけど、正直一般人レベルですね……」といったような、かなり言葉に気を遣っていながらもＮＧ判定なのがはっきり分かるものだった。

やはり、そう簡単に解決する問題ではないか。

と一瞬諦《あきら》めかけたが、その時シルフが放った一言により、俺は新たな可能性を見出《みいだ》した。

「ぼくたち、もっとすごくなれるんだけどなー」

まさか……シルフの進化って、まだ上があるのか？

その進化形態になれば、ミスティナが満足するところまで料理の腕前が増すとでもいうのか……？

気になった俺は、ヒマリのお母さんに聞いてみた。

すると帰ってきた返事は、要約すると「世界樹を強力な神通力に晒《さら》すと神世界樹となり、シルフがハイシルフに進化する。それに伴い、シルフの器用さも格段にレベルアップするので、ミスティナが認めるかは別として料理の腕前が段違いに上がることは間違いないだろう」といった感じのものだった。

それを聞き、俺は何としてでも強力な神通力とやらを手に入れ、世界樹及びシルフを進化させようと心に誓ったのだ。

アパートに帰ってから神通力について更に詳しく調べたところ、俺は何となくその実態を掴《つか》むことができた。

神通力というのは魔力とは全く別の力で、聖職者のみが持っているものであること。

神通力を鍛えるには、教会で徳を積む以外の方法は無いこと。

そして世界樹を神世界樹に進化させるには、トップクラスの聖職者千人くらいの神通力を集結させる必要があること。

最後のを知った時はまたもやこの作戦を断念しようかと思ったが、ヒマリに「マサトさんはマサトさんなんだから、どうせその程度の力一週間とかでちゃちゃっと身に着けちゃいますよ」と根拠は無いが熱意は1000パーセントの説得を受け、まあ試しに一日くらい教会で活動してみてその後作戦を続けるか考えればいいかと思うようになった。

というわけで、今日やることは――「教会に赴いて、徳を積む」ことだ。

「ヒマリ、ちょっと隣国まで連れてってもらえないか？」

「もちろん良いですよー！」

とはいえこの国で聖職者として活動するのは、身バレ的な観点でちょっとやめといた方がいい気がしなくもなかったので、俺はあえて隣国の教会を活動拠点にすることにした。

隣国の街まで運んでもらうと、俺は教会っぽい建物の近くに下ろしてもらった。

建物の看板を見てみると確かに「教会」と書かれてあったので、目的地はここで合ってたようだ。

建物に入ると、俺は受付っぽい場所にいる修道士に話しかけることにした。

「いらっしゃいませ。本日はどうされましたか？」

「ここで聖職者として登録したいんだが」

「かしこまりました。それではまず、この書類に必要事項をご記入ください」

登録希望を伝えると、修道士はそう言って一枚の紙とペンをカウンターの上に置いた。

えっと、必須《ひっす》事項は……登録したいホーリーネームと今までの経歴、そして入会の動機か。

実名すら必要無いんだな。

教会ってそういうシステムなのか。

正直俺としてはありがたいな。

ホーリーネームは……そうだな。

こっちではほぼ使ってない苗字《みょうじ》の「新堂《しんどう》」から二文字取って、「シド」とかにしておこうか。

経歴はまあそこまで深く書く必要はなさそうなので、「農家兼飲食店経営者」くらいの感じで。

入会の動機は正直に「神通力が必要なため」とでも書いておこう。

「これでよろしく」

「かしこまりました」

修道士は紙を受け取ると、奥の部屋に持って行った。

しばらくして、修道士は一枚のカードを持って戻ってきた。

「これがシド様の聖職者証となります。一生使うものですので、大切にお持ちになってください。この後はウチの支部長から軽いオリエンテーションがございますので、まずはそちらにご参加ください」

そんな説明と共に、修道士は俺にカードを手渡した。

「オリエンテーションは三十分後から行いますので、それまでは待合室でお待ちください」

「分かった」

登録手続きが済むと、俺は待合室で百科事典の「神通力」のページを読み進めながら待つことにした。

三十分くらいが経《た》つと、質素でありながら凛《りん》とした身なりの初老の男性が俺に話しかけてきた。

「お主が今日ウチに登録したシドさんで合っとるかのう？」

「ああ」

「儂《わし》はここの支部長のリャブコじゃ。これから我々がどんな活動をしておるか説明するから、ついて来なされ」

リャブコと名乗ったその男性に誘導されるがままに、俺は教会の個室へと移動した。

「ではまず、これをお主に渡そう」

リャブコは俺に一冊のパンフレットのようなものを手渡した。

タイトルは、「教会　活動概要」。

「これに基づいて説明するから、まずは一ページ目を開いてくれ」

「ああ」

ページを捲《めく》ると、リャブコによる説明が始まった。

伝えられた内容は冊子のタイトルにある通りで、この教会では主に傷病人の手当てやカウンセリング、孤児院などへの炊き出しを行っているとのことだった。

「何か質問はあるかのう？」

「いや、大丈夫だ」

この中だと……俺は炊き出しに参加するのが良さそうだな。

神通力、自分の得意分野の活動をした方が伸びがいい傾向にあるらしいし。

などと考えていると、リャブコは最後にこんなことを言いだした。

「確かお主、入会動機は神通力の獲得じゃったの」

「ああ」

「そいつは長い道のりになるぞ。神通力というのは、優秀なもんでも年単位の時間をかけてようやく知覚できるレベルになるもんじゃからのう。使えるレベルとなると……儂でも用途次第じゃまだ足りんくらいじゃし」

それは嫌だな。

できれば三日くらいで世界樹の進化に足るレベルに到達したいんだが。

「じゃが、めげずに頑張っておくれ。期待しておるぞ」

「ああ」

期待に応《こた》えるかどうかは神通力の成長速度次第だが……まあ、良い方向に転ぶことを願っておこう。

「儂からの説明は以上じゃ。あとは好きな活動に参加してくだされ」

「ああ、ありがとう」

そんなやり取りを最後に、俺は個室を後にした。

待合室の地図で炊き出しを行う孤児院の場所を確かめると、俺はそこに向かった。


孤児院にて。

修道士っぽい格好をしている人に声をかけ、新米聖職者であることを伝えると、俺はここのリーダーに紹介されることとなった。

「はじめまして、俺がここのリーダーをやらせてもらってるジャクソンだ。よろしく！」

「今日からここで活動させてもらうことになったシドだ。こちらこそよろしく」

挨拶《あいさつ》を済ませると、ジャクソンは俺にここでの活動方法を説明してくれた。

「ここでの活動方法なんだけど……まず、やることは大きく二つに分かれるんだ。一つは調理部隊、そしてもう一つは実際に子どもたちにご飯を配る配膳《はいぜん》部隊だね。君はどっちをやりたい？」

「調理部隊だな」

ジャクソンの質問に、俺は即答した。

「へえ、珍しいね。ここに来る人はだいたい、最初は子どもの笑顔が見たくてくるもんなのに……」

「ちょっと特殊な事情があってな」

調理なら手持ちの素材を使うことで神通力の伸びを良くしたりできるかもしれないが、配膳だとこれといって神通力の成長率を高める手段が無いからな。

手っ取り早く神通力を伸ばしたい今の俺にとっては当然の判断だ。

「だったら、厨房《ちゆうぼう》に案内するよ。ついてきて！」

「ああ」

俺はジャクソンの案内のもと、厨房へと歩いていった。

しかし——厨房の様子を見ると、ジャクソンは途端に申し訳無さそうな表情になった。

「あー、ごめん。今日はもう厨房がいっぱいみたいだね……。次からは君の希望に合うようにシフトを組むから、今日のところは配膳に回ってくれない？」

どうやらその表情の原因は、俺が調理部隊に入ろうとすると厨房が定員オーバーになってしまうからのようだった。

それはしょうがないな。

俺だって新参者なので、ここで文句を言うわけにはいかないだろう。

ただ……定員オーバーだけが調理担当になれない理由なら、ぶっちゃけやりようはあるんだけどな。

一応ダメ元で交渉だけしてみるか？

「構わないが……一応俺、厨房を増設することもできるぞ。それで調理をやるというのはダメか？」

俺はそう聞くだけ聞いてみることにした。

するとジャクソンは、キョトンとした顔でこう返した。

「厨房を……増設する……？」

「ああ。特級建築術ってスキルを持っていてな。ちょっと実演してみてもいいか？」

「え？　あ……うん……」

俺は結界で足場を作り、ジャクソンにそこを登って屋上まで来てもらった。

「こんな感じだ。特級建築術」

俺がスキルを発動すると……ものの数秒で、階が一個増築された。

ここの建物の持ち主に無断でこんなことをやっているが、特級建築術を再度使えば元通りにできるので、要らないようなら最後に解体して帰れば何も問題は無いだろう。

「中はこんな感じだ」

ジャクソンの方を見つつ、俺は増築された階のドアを開けて中を見せた。

中の光景は……当然、完全新品の多機能システムキッチンだ。

「な、なななんだこれぇ⁉」

ジャクソンは中を見るや否や、お手本のような綺麗《きれい》な尻餅《しりもち》をついた。

これでもかというくらい目を見開いたまま、ジャクソンはキョロキョロと新設厨房内を見回す。

「厨房が……え、ええ⁉」

「配膳担当が足りないとかならまだしも、調理場が不足してるだけならこれで料理できるだろうと思ったんだが……どうだ？」

現物を見せた上で、再度俺はそう問うてみた。

するとジャクソンからは、こうツッコまれてしまった。

「いやあの……もうこれ調理がどうとか配膳がどうとかいう次元じゃないよね。こんなスキルがあるなら、君多分リフォーム担当とかになった方が一番喜ばれるよ？」

そんな選択肢無かっただろ。

「ちょっと待っててね……」

ジャクソンはそう言って軽やかなステップで結界の足場を降りていった。

そして……数人の調理担当を連れて戻ってきた。

「なあみんな、これ見てくれ」

「な、何すかこの綺麗なキッチン……」

「ここにこんな設備ありましたっけ？」

「ここにいる新米のシド君が、さっき即席で作ってくれたんだ。言ってる意味が分からないと思うが、本当に言葉の通りだし、何より俺もまだ状況を飲み込めてないからツッコむのはやめてくれ。これ……どう思う？」

「いや、ヤバすぎっしょ。こんな先進的な設備を備えた厨房、宮廷料理人ですら使ったことないのでは？」

「今からでもこっちで作業したいくらいですね……」

俺の目の前で、そんなジャクソンと調理担当の人たちの会話が繰り広げられる。

「……な？　みんなこの通りの反応だ。まず君は……その腕前を活《い》かして、この孤児院全体をリフォームしたほうがいいと思う。もちろん、君の負担にならないのならだけどね」

どうやらジャクソンは俺の建築物を見て人がどう思うか、反応を見せたかったようだ。

リフォーム、か。

正直言えば……全然アリだな。

神通力を効率よく伸ばすコツはあくまで「得意分野を活かす」なので、その要件さえ満たせば別に料理じゃなくとも、特級建築術を活かしたリフォーム活動でも何ら問題ない。

ただ、それって今ここにいる人たちの判断でやれることじゃないよな。

「分かった。ここの院長がＯＫを出せば、まずリフォームを済ませてから調理に入ろうと思う」

リフォームをやるのであれば当然、まずはここのオーナーの許可を取るのが先決だ。

「院長に話をつけてもらってもいいか？」

俺はジャクソンにそう頼むことにした。

自分で話しに行ってもいいんだが、ジャクソンならすでにオーナーと顔見知りだろうし、交渉もよりスムーズに進むだろうからな。

「え、本当にリフォームやってくれるの⁉」

「ああ、俺は構わない」

「……ちょっと待ってて！　院長の説得ね！　行ってくる！」

ジャクソンは光の速さで走り去っていった。

そして数分後、ジャクソンは一人の朗らかそうな中年の男を連れて戻って来た。

「どうです院長、この立派な厨房は。これを建てた者にリフォームを任せれば、間違いなく凄《すご》いことになりますよ！」

「な、何だこれは……！　私は夢でも見ているのか……？」

院長は新設厨房を一目見るなり、しばらく口をポカンと開けたまま固まった。

「彼が厨房を新設した者です」

ジャクソンはそう言って、俺を院長に紹介した。

「き、君……名前は？」

「シドだ。はじめまして」

「本当にこれをたった一瞬で作ったのか？」

「一瞬……まあ五秒くらいはかかったかな」

「本当に一瞬だな。ジャクソン君が言うには、君は『特級建築術』なるスキルを使ったそうだが……それって一体どのくらいの負担がかかるんだ？」

「負担……？」

MP《魔力量》消費とかのことか？

そんなの全然気にしたこともなかったが……。

「ほぼゼロみたいなものかな」

「何だすと⁉」

負担がゼロと聞いて、院長は語尾がおかしくなる勢いで驚いた。

「じゃ、じゃあ本当に……施設全体のリフォームをするのも苦じゃないと……？」

「ああ、そのくらいなら」

「なら是非頼む！」

院長は食い気味で俺にお願いをしてきた。

「構わないが、最低限どういう仕様にしてほしいとかは聞かせてくれ。やり直しは利くが、お互いの中の完成形に齟齬《そご》があるとなかなか思ったものが出来上がらないだろうからな」

「もちろんだ！」

こうして、俺の最初の聖職者としての活動がリフォームになることが決定した。

俺は院長室に移動し、しばらくの間どんな施設にするかについての打ち合わせを行った。


約三十分後。

だいたいの仕様設計の認識合わせができたところで、俺は実際のリフォームに入ることとなった。

院長の要望は、主に以下の三点だった。

まずは孤児の受け入れ数が逼迫《ひっぱく》しているので、単純に階を増やして部屋の数を多くすること。

設備の老朽化がちょくちょく出始めているので、それを真新しくし、かつ長年の使用に耐えうるようにすること。

子ども目線で見た目をカッコよくすること。

その他、俺が思いついた工夫は何でもやっていいとのことだった。

俺が追加しようと思ってる機能は三つ、エレベーターと自動浄化機能と不審者捕獲機能だ。

階を増やす以上は、移動には絶対エレベーターがあったほうが便利なので、それは絶対入れるつもりだ。

ただ店のアパートとは違って、この施設は頻繁に部外者が出入りするわけではないので、例の

「認証した者でないと特定の階にいけない」みたいなシステムはいらないかと考えている。

自動浄化機能ってのは単純に、掃除を建物自身がやってくれますよって感じだ。

院長曰《いわ》く施設従業員の負担が増加傾向にあるとのことだったので、掃除の手間をなくせば助かるんじゃないかと思い、その機能を導入しようと考えた。

最後の不審者捕獲機能は、「犯罪者の出入りを検知したらトラップが発動して拘束する」みたいな感じのを作っておこうと思っている。

子どもを育てる場所である以上、安心安全は何より重要だからな。

仕様が固まったら、あとはスキルを発動するのみ。

建物内に人がいる状況でこのスキルを発動するとどうなるか不安なので、院長に頼んで中の人には一旦《いったん》全員グラウンドに出てきてもらうことにした。

それが完了すると……。

「特級建築術」

俺は建物に向かって手を翳《かざ》しながらそう唱えた。

すると、建物がゴゴゴと音を立てて変形し始めた。

「わー、なにあれかっこいい！」

「へーんしん、しゃきーん！」

子供たちは、建物が姿を変える様子に大興奮し始めた。

しばらくして、音が静まる頃《ころ》には……建物は、全面ガラス張りの近未来風の施設に様変わりしていた。

「子ども目線でカッコよく」って、これで満たせているのだろうか。

「すげえええええ！」

「これが僕たちの住むとこ……!?」

「さいこーじゃん！」

どうやら問題無いようだ。

まずは一安心だな。

ちなみにガラス張りと言っても、オリハルコン原子を織り交ぜた特殊強化ガラスなので、たとえ子どもが全力で突進したとしてもびくともしない安心設計だ。

「じゃ、中がどんな感じになったか軽く説明していこうと思うが……」

「ああ、よろしく頼む」

まずは院長と子どもたちを連れて、俺は建物内をひととおり紹介した。

「いやはや、昇降機なんて付けてもらった上に、掃除の手間までゼロになるとは……建築スキルだけでなく、発想まで天才で脱帽したよ」

全体を見終わると、院長はそんな感想を口にした。

「いやいやそれほどでも」

「この御恩は一生忘れない。本当にありがとう」

院長はそう続け、深々と頭を下げる。

その瞬間……俺は、体内に何か暖かい力が流れ込んでくるような感覚になった。

魔力とはまた違う、不思議な力の感覚。

もしや……これが神通力か？

だとしたら、最初の数年で到達するところにはもう達したことになるな。

これは幸先良い《さいさき》のではなかろうか。

これから調理活動でどこまで伸びるか、楽しみになってきたな。

ワクワクした気分になりながら、俺はジャクソンたちと合流するため厨房《ちゆうぼう》に向かった。


新しい厨房にて。

「すげえわ、なにこれ……」

「使い終わった調理器具が、片っ端から綺麗になってく！」

「こんなに楽に料理できるの初めてだわ……」

「自分の家にも欲しいぜ」

調理担当の人たちがそんな感想を呟《つぶや》く中、俺も調理を開始することにした。

ジャクソン曰く、食材は教会が用意したものを使ってもいいし、自分で用意したものがあるならそれを使ってもいいし、どんな料理を作るかは完全にこちらの裁量に任せてくれるそうだ。

さてと、まず一品目は何にしようか。

「アイテムボックス」

収納物一覧を眺めながら、俺は献立を考え始めた。

子ども向けだし……まずはシンプルに、唐揚げと玉子焼きとかでいいか。

もちろんご飯付きで。

俺はガルス＝ガルス＝フェニックスの肉と卵、アミロ17、そして砂糖や醤油《しょうゆ》などの各種調味料を取り出した。

「時空調律」

揚げ手羽を作った時と同じく、鶏肉《とりにく》を調味料に漬けたら下味を浸透させるために時を飛ばす。

「時空……調律……？」

「今なんか、料理中にまず聞くことのない単語が聞こえたような……」

何人かが俺の声に反応したみたいだが、それは措《お》いといて作業を続けよう。

下味がついたら衣をつけ、油で揚げていく。

完成したら、出来立ての状態を保つために一旦アイテムボックスに収納した。

お次は玉子焼きだ。

何十個かの卵を溶いて、そこに砂糖と醤油を感覚で加えていく。

分量は特に量っていないが、まあそこは俺のＤＥＸ《器用》が何とかしてくれることだろう。

さて、大量の卵液ができたのはいいが……そういえば俺、大人数分を調理するためのでっかいフライパンを店から借りてくるの忘れたな。

ま、作ればいいか。

「超級錬金術」

俺は即席で巨大フライパンを錬成した。

縦1メートル、横50センチの前世の俺だったら持つことさえできたか怪しい超巨大サイズのフライパンだが、これもまあ今のＤＥＸなら扱えないことはないだろう。

「超級……錬金術……」

「気にしたら負けよ。シドさんが人間を卒業した存在なのは、さっきの建築でとっくに分かっていたことでしょう？」

なんでいちいち俺のスキル発動に反応するんだ。

自分の料理に集中してくれるとありがたいんだがな。

「特級建築術」

自分のスペースにあるコンロを一時的に巨大五徳に仕様変更し、点火。

フライパンにバターを入れ、良い感じに溶けて全体に広がったところで卵を投入した。

卵に火が通り、ある程度固まってきたら折り返し、できたスペースに卵を追加する。

それを繰り返すと、何層にもなるフワッとした美味《おい》しそうな玉子焼きが完成した。

一人分ずつのサイズに切ったら、これもまた一時的にアイテムボックスへ。

最後はご飯だな。

俺はキッチン備え付けの炊飯器から釜《かま》を取り出し、その中にアミロ17を入れて研いでいった。

「お、シドさんがあの謎の調理器具を使い始めたぞ」

「あれさっきから気になってたのよね……。何をするものなのかしら？」

「あ、私あの粒々知ってます！　確かアミロ17とかいう、もちもちしたやつです！」

米を研いでいると……ついに背後にギャラリーができてしまった。

君たち、自分の料理はいいのか。

気にしないことに徹すると決め、俺は研ぎ終わった米を炊飯器に戻した。

炊飯器のスイッチを入れたら、手を翳し――。

「『時空調律』」

おい誰だ今ハモった奴《やつ》。

「やった、タイミング当たった！」

「俺が時空調律するタイミングを当てるゲーム」なんかするんじゃなくて、できれば自分の料理に集中してほしいのだが。

若干ギャラリーの様子に呆《あき》れた気分になってる間にも、炊きあがりまで時間を飛ばせたので最後は皿への盛り付けだ。

「『超級錬金術』」

……そろそろ怒るぞ？

というのは流石《さすが》に冗談で、別にスキル名をハモられたからといって怒りはしないが、仮にそんなことに興じていて自分の作りかけの料理が焦げちゃったりしても責任は取らないからな。

俺はご飯及びアイテムボックスに一旦しまっていた唐揚げと玉子焼きを茶碗《ちゃわん》や皿に盛り付けた。

「これを届けてくれ」

厨房の外に出ると、ドアのすぐそばに配膳《はいぜん》係が待ち構えていたので、俺はその人たちに作った料理を渡した。

次は何を作ろうか。

さっきは子どもたちが喜びそうなものってことで唐揚げを出したが……本当に子どもたちのことを思うのであれば、健康に良いメニューも出したいところだよな。

まあさっきの唐揚げは材料の特殊効果があるので別に身体《からだ》に悪くはないのだが、それでも健康面に関しては魚や野菜には到底敵《かな》わないからな。

健康に良くて、それでいて子どもウケの良さそうなメニューといったら……やっぱり焼き鮭《じゃけ》か。

それと、野菜たっぷりの具だくさんオムレツとかも作ると良いかもな。

俺はアイテムボックスから鮭《さけ》を一尾出し、捌《さば》いて切り身にした。

フライパンにバターを入れ、中火で温めておく。

鮭の切り身を投入して蓋《ふた》をしたら、こちらは一旦放置で次はオムレツの具作りだ。

別に「時空調律」で完成させちゃってから次の料理に行ってもいいんだが、炊飯と違って鮭が焼けるのに必要なのは数分とかだし、なんかスキルを使いまくるのも見せびらかしてるみたいでアレな感じがするので並行調理の方針で行く。

材料は人参《にんじん》、じゃがいも、玉ねぎ、ひき肉、そして卵だな。

ひき肉は本来豚を使うのがセオリーなんだろうけど、あいにく豚肉は持ち合わせていないので牛と鶏《とり》を一対一で入れる感じにしよう。

野菜をみじん切りにして、肉をミンチにしている間に鮭が焼きあがったので、鮭を一旦アイテムボックスに入れる。

空いたフライパンを一度浄化し、そこでまずひき肉を炒《いた》め、次に野菜を投入した。

全《すべ》てにちょうどよく火が通ったところで一旦取り置いたら、次はフライパンへ溶き卵を投入。

あ、これ……もしかしてだけど、ＤＥＸ任せ法で「一つのフライパンでいっぺんに複数のオムレツを作る」とかできないかな？

なんとなく行ける気がしたので、俺はフライパン上に碁盤の目のような配置で具を並べていった。

そしてフライパンを一振りすると……見事、卵がそれぞれの具の塊を覆うように動き、いっぺんに何十個ものオムレツを作ることに成功した。

「な、なんださっきの鍋振りは……？」

「いや、そうはならんだろ」

「なっとるやろがい！」

そんなことをしていたら、どうやらまたギャラリーが集まってしまったみたいだ。

気にしない気にしない。

「超級錬金術」

こんな些細《ささい》なことでギャラリーができてしまうのであればもうスキルの使用を控えるとか関係ないなと思い、俺は「超級錬金術」で追加の皿を作った。

オムレツを作った以上は、ケチャップもなきゃな。

俺はトマトと玉ねぎと酢と砂糖と塩を使い、ケチャップを完成させた。

これで追加の二品も完成。

配膳係に渡してこよう。

「次はこれを頼む」

俺は厨房のドアのところで待ち構えている配膳係にオムレツを渡した。

すると、配膳係がこんなことを耳打ちした。

「さっきの卵ロールみたいな料理、凄《すご》い反響でしたよ。あの大喜びの様子、シドさんにも見せたかったんですが……良かったら来ませんか？」

卵ロール……玉子焼きのことか。

そんなに反響良かったのか。

「分かった。じゃあ俺も行こう」

おそらく今日はもう、他の調理係が作るものも合わせれば子どもたちが全員満腹になるくらい作ったので、これ以上料理を作ることは多分ない。

となると時間も余るし、ちょっと子どもたちの様子も気になるので、俺は配膳係についていくことにした。

配膳係が子どもたちのいるダイニングルームのドアを開けると……その瞬間、「凄い反響」がどんなものか判明した。

「うおおおお！」

「来たあああ！」

「またあの卵の料理だあああ！」

オムレツを見るや否や、子どもたちはアイドルのコンサートかと思うくらいのえげつない声量ではしゃぎだした。

「じゃあみんな、並べてくから待っててね～」

「早く！　早く！」

「はいはい」

配膳係は手慣れた手つきで、猛スピードかつ丁寧にオムレツをテーブルに並べていく。

「それじゃあ召し上がれ」

「「わーい！」」

配膳係の合図と共に、子どもたちは猛烈な勢いでオムレツを頬張《ほおば》り出した。

「うめー！」

「これはやべえわ……」

「毎日食いてぇー！」

子どもたちは皆、大満足の様子だ。

これだけ喜ばれると、こちらも嬉《うれ》しくなってくるな。

様子を見守っていると、配膳係が話しかけてきた。

「シドさん、料理上手《うま》いんですね。もしかしてプロの方ですか？」

「いやいや、これはただの素材の力だ。俺の腕前なんて全然一般レベルさ」

「一般って……流石にそんなことは無いでしょう」

「店を経営してて、近くでプロを見てるから分かるんだ。上には上がいるってな」

本当はミスティナが料理したらもっと美味《おい》しい物を届けられるところ、神通力は俺が得た方が効率がいいんじゃないかってだけの理由で俺が来てるだけだからな。

卵料理が人気なのだって、使っている材料がガルス＝ガルス＝フェニックスの卵であることが要因の九割を占めているだろう。

しばしの間、俺たちは子供たちが大喜びでオムレツを口にする様子を見守った。

そうしていると、子供たちが食べ終わった頃《ころ》のこと……俺の身に、不思議なことが起こった。

先ほどとは段違いに強烈な、暖かい力が体内に流れ込んでくる感覚がしたのだ。

順調に神通力が増えている証拠だろうか。


そんなこんなで、後は厨房《ちゆうぼう》に戻って改造した大口五徳を元のコンロに戻したり他のみんなを手伝ったりしながら一日が終わった。

「どうだった、今日は？」

活動が終わり、これから孤児院をあとにしようかというタイミングで、ジャクソンが話しかけに来てくれた。

「充実してたよ。子どもたちもしっかり喜んでくれたし」

「それは良かった。ところで……今日活動してる中で困ったこととか、それ以外でも何か質問とかはあったりしないかい？」

困ったことや質問、か。

困ったことは特になかったが……質問でいうと、一つ聞きたいことがあるな。

「質問って……今日のことじゃなくても、教会に関する全般のこととかでもいいか？」

「もちろん！　俺が答えられる範囲なら何でも答えるよ」

「なら教えてほしいんだが……神通力って、どう使うんだ？」

日中何度か体内に暖かい感覚が流れることはあったものの、具体的にアレをどう使えば世界樹の進化とかに使えるのかはよく分かっていないんだよな。

その点リーダーを務めるほど歴の長い聖職者なら何か知ってるんじゃないかと思い、俺はこの質問をすることにした。

するとジャクソンは、顎《あご》に手を当てて考える姿勢を取りながらこう答えた。

「神通力、ねえ。俺はまだ知覚できる段階に無いから、伝え聞いた話でしかないけど……そのレベルに達した人は、瞑想《めいそう》したら全身に暖かい感覚が回るって聞いたことがあるね。その状態で神通力でやりたいことを念じたら、力が足りていればそれが叶《かな》う。こんなんで回答になってるかな？」

なるほど。日中時折感じたアレ、瞑想すれば再度感じられるのか。

その状態で、「世界樹よ進化しろ」とか念じたら……パワーが足りてればいけるってことか？

「ああ、ありがとう」

「いやいや、こんな回答でよければ全然。ま、実際に君が神通力を知覚できるようになるのはもっと先だろうから……それまでに色んな先輩から情報収集すればいいんじゃないかな？」

「そうだな」

実際は知覚自体はできているものの……流石に世界樹を進化させられるレベルに到達するのはもう少し先だろうからな。

ジャクソンの言う通り、他にも聞けそうな人がいたら話を聞いてみるか。

それはそれとして、とりあえず一旦《いったん》今聞いた瞑想だけはものの試しにやってみるか。

「こんな感じか……」

俺は目を瞑《つぶ》り、何も考えないよう心がけた。

すると……心臓のあたりから、何か熱いものがドバドバ溢《あふ》れるような感覚を覚えた。

あれ、なんだこの熱量は。

昼間に時折感じた奴《やつ》とは全然違うぞ。

違和感を覚えつつも、瞑想を続けてみると……突如として、更に予想外なことが起こった。

背中のあたりがむずむずしたかと思うと——背後から白い光の靄《もや》が湧《わ》きあがったのだ。

その靄は次第に形状がハッキリしていき、最終的には半透明の稲妻を掴《つか》んだおじいさんの姿となった。

それを見上げ……ジャクソンは、顎が外れんばかりに口をあんぐりと開けて固まった。

「な……なななにそれ……⁉」

　ワンテンポ遅れて、帰ろうとしていた他の修道士たちも半透明のおじいさんに気付いてざわめきだす。

「あ、あれは……」

「神の召喚……神の召喚だ！」

　ん？

　この半透明のおじいさん、神なのか？

「おいおい、今日来たばっかの新人だろ？　なんでもう神通力が使えてるんだ……」

「使えてるとかいう次元じゃないぞ。神は神でも最高位神様だぜ？」

「ウッソだろ……」

「なんであの御方《おかた》をたった一人で召喚できるんだ……！」

　しかもどうやら、神の中でも偉い方っぽいな。

「なんであの御方をたった一人で召喚できるんだ」ってことは……もしかして俺、今の時点で世界樹を進化させられるのか？

　確証は無いが、帰ったら一回試してみたほうがいいのかもな。

　などと考えていると……事態は、だんだんと悠長なことを言っていられないほうに傾きだした。

「これは凄いぞ！」

「こんなことができるなら、明日には大神官へのスピード出世も間違いなしだ！」

「すぐに王都大教会に推薦状を送らないと！」

マズい。なぜか俺の神官としてのキャリアが勝手に形成されかけている。

俺はあくまで店の従業員増員のためにこの活動を始めたのであって、大神官とやらを務めるために始めたわけじゃないんだ。

みんな興奮してるとこ悪いが……この場はこっそり抜け出させてもらおう。

「認識阻害」「飛行」

俺は自分の姿を見えなくしてから空へと飛び立った。

これで中途半端に「神は呼べても世界樹は進化させれない」程度の実力にしか至ってなかったら面倒だな。

明日からは今日の現場で活動するってわけにもいかないだろうし……一体どうしようか。

考えてもしょうがないな。

とりあえず今は、世界樹の進化に足る実力が今の自分にあると信じておこう。


ある程度孤児院から離れたところまで飛行した俺は、途中でヒマリと合流し、そこからは乗せてもらって浮遊大陸まで帰った。

浮遊大陸にて、俺は世界樹の前に立つと、孤児院でやったときと同じように瞑想を開始した。

全身が熱くなるような感覚の後、光る靄が出現し、それが稲妻を持ったおじいさんの姿になる。

無事また召喚できたので、俺は世界樹の進化を心の中で念じてみた。

（世界樹が神世界樹に進化しますように）

すると……突如脳内に、脳内アナウンスやシルフを通じた念話の時とは違うトーンの低い声が響いた。

『承知した』

今のは稲妻おじいさんの声か？

どうやらそれは正解のようで、おじいさんは握っていた稲妻を消し、両手を世界樹に向かって翳《かざ》した。

そして手から無数の小さな光の球を生成し、世界樹に吸収させていった。

光の球を吸収するたび、世界樹は生命力を強め、ただでさえ常軌を逸していた幹の半径が更に一・五倍増しほどとなった。

『できたぞ』

そう言い残すと、稲妻おじいさんは徐々に透明度を増していき、しまいには完全に消え去ってしまった。

これで本当に進化成功なんだろうか。

「かn――」

「わーい！」

「ぎんのみだー！」

「たべるぞー！」

俺は確かめるために鑑定しようとしかけたが……その前に、シルフたちが大はしゃぎで木の上部へと向かい始めた。

銀の実……？

シルフの発言が気になり、俺も「飛行」で高度を上げてみる。

すると確かに、そこには表面が銀色の実がたくさん生《な》っていた。

前はこんな色じゃなかったよな。

もしや……これを食べるとシルフたちが進化するのか？

「みんな、これもひとりいっこだよー！」

「おっけーい！」

「それじゃあー？」

「「「いただきまーす！」」」

様子を見守っていると、シルフたちはワイワイしながら実を食べ始めた。

「これ、どーぞー！」

また今回も俺の分があるようだ。

「ありがとう」

食べてみると……まず食感に関しては、以前と同じアボカドみたいな感じだった。

だが味は、前のと比べて断然美味《おい》しさが増していた。

この強烈な旨味《うまみ》は……覚えがあるぞ。

ベニテングタケと同じ感じだ。

もしかしてこれもイボテン酸を含んでいるのか？

「鑑定」

●神世界樹の実
シルフを更なる精霊の高みへと導く神聖なる実。

神通力を持つ者にとっては、その量に比例して美味しさが増す。


と思って調べてみたが、どうやら違ったようだ。

「神通力を持つ者にとっては」という条件がついてるってことは、イボテン酸とはまた別の原理なのだろう。

そんなことより、「シルフを更なる精霊の高みへと導く」ってことはやはりこれで進化成功、神通力の量は足りてたって結論で良さそうだな。

もう一度教会で活動する必要はなさそうで何よりだ。

安堵《あんど》した気分でシルフたちの食事の様子を見守っていると、心待ちにしていた脳内アナウンスが流れだした。

〈シルフ112体がハイシルフに進化しました。シルフの固有能力が強化されました〉

〈ハイシルフへの進化により、現在ハイシルフと親しい者全員がハイシルフを視認できるようになりました〉

〈シンクロ率の最大値が上昇しました〉

〈シルフはハイシルフへの進化に伴い新スキル「模倣」を獲得しました。各個体に最大二つの動作を見せるだけで完全模倣させることができます。模倣させる動作はいくらでも追加できますが、三つ目以降の追加の際は古いものから順に忘れます〉

〈ハイシルフたちの意向により、新堂　将人《まさと》はハイシルフの神となれることになりました。インペリアルエリクサーの服用後、神としてのスキルが一部解放されます〉

よしよし、無事ハイシルフに進化してくれたか。

聞いた感じだと、「模倣」ってスキルがどうやらヒマリのお母さんが言っていた「シルフの器用さも格段にレベルアップする」のことっぽいな。

動作の完全模倣は一体あたり二つまでとのことだが、こんだけたくさん数いるんだし、何体かに人気なメニューから順に作り方を覚えさせればだいぶミスティナの負担は減らせるだろう。

基本はハイシルフが料理を提供し、ミスティナはハイシルフが模倣していないマイナーなメニューの注文が入った時だけ料理を作り、あとは新商品の企画開発とかに回ってもらう。

そんなあたりのバランスが良さげなんじゃないだろうか。

あとなんか最後に一個想定外のアナウンスが来たが、まあこれに関しては一旦放置でいいか。

「なあ、ちょっとミスティナさんに繋《つな》いでくれないか？」

「いいよー！」

『ミスティナさん、今ちょっと時間大丈夫か？』

『あ……マサトさん？　もちろんです！　どうされました？』

『実は今日、シルフの進化に成功してな』

『え、もう進化したんですか⁉　なんというお早さ……』

『ハハ。まあそれで、ミスティナさんが求める力量に達してるかの確認と、達してた場合のいくつかのメニューの引き継ぎをやりたくてな。ちょっとだけ早めに店にきてくれないか？』

『もちろんです！　ありがとうございます！』

これで業務引き継ぎのための時間確保もヨシ、と。

あとはミスティナが店に来るタイミングで俺も店に行き、ハイシルフをお披露目するとしよう。


その日の夕方。

店に集合すると、早速俺はミスティナへのハイシルフの紹介を始めた。

「こちらが今日進化したシルフ、改めハイシルフだ。この子たちは進化に際して『模倣』というスキルを手に入れた。一体あたり二品までの制限はあるものの、このスキルである程度ミスティナさんのクオリティに近い料理を作れるようになったはずだが……試してみないか？」

「はい、お願いします！」

簡潔に説明を終えたら、ハイシルフに調理を模倣させるための実演に入る。

「現状、この店で一番人気のメニューって何だ？」

「海老天《えびてん》ですね。最初は大トロ一強だったんですけど、懐事情の問題かだんだんとリーズナブルな方向に向かうお客さんが多いようで……」

「じゃあそれを作って見せてくれ。模倣するハイシルフは……そこの君で」

「りょーかーい！」

適当に海老天の調理を模倣するハイシルフを割り当て、ミスティナに料理を開始してもらった。

「できました！」

「じゃあ次、君。模倣の成果を見せてくれ」

「はーい！」

指示すると、ハイシルフは全く同じ料理を、全く同じ手順で作りあげる。

「ミスティナさん、味見を」

「かしこまりました」

ミスティナは軽く手を合わせ、それからハイシルフ作の海老天を口に入れた。

「……美味しいですね。これなら十分、ウチの店で出せるクオリティだと思います！」

「それは良かった」

無事、ハイシルフの「模倣」による料理はミスティナのお眼鏡に適《かな》うことができた。

これでめでたくミスティナの過大負担問題解決だ。

あとは何体かのハイシルフたちにメニューを覚えさせていくのみだな。

「じゃ、引き続き別のメニューも『模倣』させるために実演していってくれ。さっきの言い方だと……次点で強いのが大トロか？」

「そうですね！　海老天に越されたとはいっても、まだまだ根強い人気のメニューです！」

それからは、ミスティナが料理を見せてはハイシルフが模倣。

一体のハイシルフが二品のメニューを覚えたら別のハイシルフに交代というのを、十品ほど繰り返していった。

「どうだ？　まだ他のハイシルフにも覚えさせたほうがいいか？」

「いえ……このあたりで十分です！　今覚えてもらった分だけでも、もう九割の注文はハイシルフさんたちだけで捌《さば》けるくらいですから……」

「それは良かった。となると……前話した、揚げ手羽やステーキや苺ショートのメニューへの追加もできる余裕はありそうか？」

「そうですね！　そのあたりも提供させていただきます！」

当初、この問題に気付くきっかけとなった追加メニューについても、めでたく実装できることが決定した。

「ありがとう。他に何か、困りごととか懸念点とかは無いか？」

「そうですね……懸念点という程の事でもないんですけど、この人数のハイシルフさんたちをフル稼働させられるのかなっていうのは気になりますね。厨房《ちゆうぼう》のスペース的な問題で」

「なるほど」

最後に別の要望が無いかを確認してみると、ミスティナは厨房の広さについて言及した。

確かに、ヒマリはホール担当だったし、今までは実質一人でこの厨房を使ってたもんな。

五歳児くらいのサイズでかつ浮けるとはいえ、人数が六倍だと今のスペースじゃ狭すぎるか。

さて、どうしようかな。

一番手っ取り早いのは階を増設して厨房をまるまる一つ増やすことだが、そうなると一旦《いったん》住民への説明は必要だろうし、今日すぐにとはいかないよな。

あるいはこの厨房を浮遊大陸やワイバーン周遊カードの中みたいな亜空間にすれば、物理的な体積はそのまま厨房の広さを拡張することもできるが……あいにくそんなスキルは持ってないしな。

……ん？　待てよ？

もしかして……そういうスキル、さっきのアナウンスにあった「神のスキル」の中にある可能性があるんじゃ？

確証は無いが、試してみる価値はある。

俺はアイテムボックスからインペリアルエリクサーを取り出し、飲んでみた。

〈インペリアルエリクサーの服用により、新堂将人は正式にハイシルフの神となりました〉

〈神としてのスキルが解放されました〉

「ステータスオープン」

早速、どんなスキルが追加されたか確認してみる。

すると……ドンピシャなスキルがそこにあった。

「亜空間化」という、名前からしてまんまなスキルだ。

「亜空間化」

俺は試しにスキルを発動してみた。

すると……一人が作業するのにちょうどよかった空間が、途端に家庭科室くらいの容積に変貌《へんぼう》した。

ただし調理台も合わせて相似拡大してしまって、数は増えなかったので、そこだけは調整がいるようだ。

「特級建築術」

調理台の数を増やすべく、俺は亜空間内をリフォームした。

「こんな感じでいいんじゃないか？」

「ちょ、あの、これ……大丈夫なんですか？　違法建築みたいになっちゃってません？」

「亜空間――浮遊大陸と同じような仕様にしたからな。外から見た建物や厨房のサイズは変わってないぞ」

「なるほど、それなら安心です！　この厨房ならみんなで無理なく使えそうですね……本当にありがとうございます！」

「なあに、当然の経営資源を用意したまでだ」

全《すべ》ての問題が解決したので、俺は店を後にすることにした。

さて、結局インペリアルエリクサーを飲んで神のスキルを解放しちゃったことだし。

今日は帰ったら、何か面白いことができないか超魔導計算機でスキルを調べたりしてみるか。

第三章　謎の挑戦者現る

将人《まさと》が孤児院で料理を振る舞ってから、一週間後のある日のこと。

「ねえねえ、あの卵料理の人はもうこないのー？」

「そうだなあ、難しいだろうなあ……」

「えー？」

「なんでー？」

「シド様はあの日、最高位神様を召喚されたかと思いきや、突如として姿を眩《くら》まされたのだ。今は私はおろか、教会の人も彼がどこにいるか分からんという」

「そんなぁ……」

「やだやだー！」

「またたべたいー！」

院長は、将人の卵料理を再度食べたいとゴネる子どもたちに頭を悩ませていた。

「はぁ……」

院長室に戻ると、彼は疲れ切った顔で大きくため息をついた。

教会を建て替えてもらって、子どもたちには一生思い出に残る美味《おい》しい料理を振る舞ってもらって、シド様には感謝しかない。

それなのに、そのはずなのに、あまりにも子どもたちにせがまれるもんだから、ふとした瞬間「なんでシド様は姿を消してしまったんだろう」とモヤモヤした感情が湧《わ》き上がってしまう。

そんな自分に、院長は自己嫌悪に陥りかけていた。

「私自身があの卵料理を再現できれば話は早いのだが……」

もちろん彼も、将人なしで近いクオリティの卵料理を作ることに挑戦しなかったわけではなかった。

だが当然、同じ美味しさの卵料理を作ることなどついぞできはしなかった。

それもそのはず、あの玉子焼きの味はガルス＝ガルス＝フェニックスの卵ありきなのだから。

しかしそんなことを知らない院長は、自分の料理の腕が悪いのだとばかり思い込み、落ち込んでいた。

「あの教会随一と言われていた修道女のマリーさんですら、再現には至らなかったと言っておったしなあ……」

彼は教会の方角に向かって祈り始めた。

残された彼にできることは、もはやそれしかなかったのだ。

そんな時……院長室のドアが、三回ほどコンコンとノックされた。

「何だ？」

「来客です」

「誰だ？」

「それが――名店泣かせのゲンジョウ法師さんがお見えです」

「……なんと！」

来訪者の名を聞いて、院長は勢いよくガタリと椅子から立ち上がった。

「すぐに応接室に案内してくれ！」

「承知いたしました！」

名店泣かせのゲンジョウ法師なる人物がこのタイミングで来訪したことに、院長は心底運命のようなものを感じていた。

院長は名店泣かせのゲンジョウ法師と会うと、名店泣かせのゲンジョウ法師に今の自分の悩みを洗いざらい打ち明けた。

「なるほど……かの伝説の修道士・シド様が振る舞われた卵料理ですか」

話を聞いて、名店泣かせのゲンジョウ法師は少し考え込む。

「卵料理は初耳ですが……斬新でかつ抜群に美味しい料理ということであれば、心当たりがありますな」

「……といいますと？」

「隣国のバーデラとかいう街に、最近あの料理評論家・モーリー様が前代未聞の星6評価を与えた飲食店があるのだとか。かの店も、今までのどの文化にも存在しない斬新な料理で人々を魅了していると聞きます。もしかしたらそこにヒントがあるかも？」

「なるほど……」

名店泣かせのゲンジョウ法師の話を聞いて、院長は真剣な表情で何度か頷《うなず》いた。

「バーデラか……遠いが頑張って時間を作って行くしかないか……」

悩みながら、院長は小声でそう呟《つぶや》く。

「それには及びません」

「え？」

「私もあの店にはかねてから興味があったのでね。よかったら、調査してきましょうか？　ついでにもし仮にあの店とシド様に関連があれば、料理勝負を仕掛けて卵を頂戴《ちょうだい》してきても」

複雑な表情を続ける院長に対し、名店泣かせのゲンジョウ法師はそんな提案を出した。

「調査はありがたい。しかしもしその店が本当にシド様の店なら……迷惑はかけられない。子どもたちのためにやってほしい気持ちも無いといえば嘘《うそ》になるが、料理勝負はやめておいてくれ」

名店泣かせのゲンジョウ法師の提案に対し、院長は欲望と恩義に挟まれながらそう返す。

「なあに、一定以上の実力を持つ者で、私との料理勝負を嫌がるものなどいやしませんよ」

「え……？」

「なにせこちらには、黒八戒《くろはっかい》が控えておりますからな！」

弱気な院長に対し、名店泣かせのゲンジョウ法師は自信満々にそう言って高らかに笑った。

「くれぐれも……シド様にご迷惑はおかけなさらぬよう」

「心配性ですなあ！　もちろん大丈夫ですて！」

そんな会話を最後に、名店泣かせのゲンジョウ法師による孤児院の訪問は幕を閉じた。

将人の店の運命やいかに。

◇◇◇

シルフをハイシルフに進化させてからしばらくの間は、いろいろと一段落ついたこともあり、俺は活動を控え目にしてのんびりと過ごす時間を多く取っていた。

そんな中で俺がやった特筆すべきことといえば、店の経営体制の拡充くらいだ。

まずは神のスキルである「亜空間化」が実は空間の拡張以外にも異なる二地点の空間を繋《つな》ぐような使い方もできると知り、俺はその性質を「超級錬金術」と組み合わせて瞬間移動装置を開発した。

作った瞬間移動装置は店と遠方の地を繋ぐゲートとして活用すべく、コールに頼んで遠方の地方に設置してもらうことにした。

設置が進めば、とりあえず国内であればどの地域の人でも実際の距離を気にせず、気軽にウチに来店できるようになるだろう。

コールが全国に設置し終わったら、次は世界にまで広げていくつもりだ。

それに伴い、更なる客足の増加が見込まれるようになったので、店舗の方も少し強化することにした。

具体的には、ホールも「亜空間化」して客席数を増やし、それに伴って調理担当のハイシルフも増員し、厨房《ちゅうぼう》の更なる拡張も行った。

こう聞くといろいろやったような感じもするが、どれも一時間もかからないような作業ばかりなので、俺の正味の稼働時間は一日もなかったんじゃないだろうか。

そんな感じで、俺は毎日をゆったりと過ごしていた。

ここ最近は、店に顔を出すのも数日に一回とかになっている。

店の様子はハイシルフを通じて遠隔で大体わかるし、家と店は瞬間移動装置で繋いでいるので、ミスティナから助けを求められたりしてもすぐに駆けつけることは可能だからだ。

前回店に赴いてからは五日くらい経《た》つが……今日も行かなくていいか。

そう思い、俺はベッドに入ろうとした。

が、その時のこと。

「ミスティナちゃんが、こっちきてほしいってー！」

俺の一番近くにいたハイシルフが、そう声をかけてきた。

「分かった」

ま、こうなると行かなきゃならないがな。

俺は瞬間移動装置を起動し、店に移動した。

「お疲れ様」

「あ、お疲れ様ですマサトさん！　すみません、急に呼び出して……」

「なあに気にするな。どうした？」

「それが……ちょっと相談したいことがございまして」

ミスティナは、何やら悩みがありそうな様子だった。

俺はテーブルについてじっくり話を聞くことにした。

「相談？」

「ええ。実は今日、店にモーリーさんが再来店してくださったんですが……その理由が、私に予告したいことがあったからだったんです」

モーリー……あの星6評価をくれた料理評論家か。

予告したいことっていったい何なんだろう。

「どんな内容だ？」

「それがその……名店泣かせのゲンジョウ法師という方が、近々この店に来店予定なんだそうでして。その方との料理勝負を引き受けるかどうか、事前に決めておいてほしいんだそうです」

予告の内容を聞いてみると、初耳の人の名前が出てきた。

名店泣かせのゲンジョウ……法師？

なんだその絶対に結びつくことがなさそうな単語の組み合わせは。

「どんな人なんだ？」

とりあえず、プロフィールが分からないことには引き受けていいも悪いも分からない。

まず俺は、ミスティナがモーリーから聞いた情報を教えてもらうことにした。

「名店泣かせのゲンジョウ法師は、料理勝負を生業《なりわい》とする聖職者です。活動内容は、割と儲《もう》かっている飲食店相手に道場破りを申し込み、調理の腕で勝負する。名店泣かせのゲンジョウ法師が勝った時は飲食店から一か月分の食糧を譲り受ける代わりに、負けた場合は彼の自慢の家畜であるブランド豚『黒八戒』を店に渡す、そんな条件で勝負を仕掛けるのだそうです。目的は、勝って得た食糧を貧民や孤児に分け与えることなんだとか」

「はあー……」

聞いてみると、なかなかの変人であることが判明した。

なるほど、やはり聖職者なのか。

法師とかいうくらいだからまさかとは思ったんだが、当たっていたようだ。

料理勝負の目的も、店側にとってのリスクとリターンのバランスも勝利時に得た物の使い方も真っ当なので、少なくとも聞く限り悪い奴《やつ》には思えない。

ちょうど今俺の牧場には牛と鶏がいて豚がいないし、黒八戒とやらには興味があるので、受けてみてもいい勝負な気がするな。

しかし気になるのは勝率だ。

そんな条件だとよほど法師側の勝率が高くないかぎり活動継続は難しいと思うんだが、一体どうしているんだろうか。

あるいは黒八戒がハムスター並みの繁殖力を持っていて、原資が尽きることがないのか？

「そいつって、どのくらい勝ってるんだ？」

「過去には一度も負けたことがないそうです」

まさかの全勝だった。

マジか。ほとんど負けたことがないとかですらなく、100パー不敗なのか。

法師が料理のプロ相手にその戦績はやばいな。

「だから私、不安なんですよね……。もし私が負けたら、マサトさんが名店泣かせのゲンジョウ法師のために一か月分の食料を用意しないといけなくなっちゃいますから……」

ミスティナは若干目線を落とし、そう言って心情を吐露した。

それに対し——俺の答えは、もちろんこうだ。

「受けてくれ。黒八戒、普通に欲しいからな。ミスティナさんなら名店泣かせのゲンジョウ法師から初勝利をもぎ取れると信じてるし、万が一ダメだったとしても一か月分の食料で済むなら安いもんだ」

敢《あ》えて「受けていい」ではなく、「受けてくれ」と頼む形で答えた。

たとえ過去どんな料理人も勝てなかった相手だろうと、正直それがミスティナが負ける根拠にはなる気がしないからな。

だがおそらくミスティナ本人には、できれば戦ってみたい気持ちはあるものの絶対に勝てる自信が無いから俺に相談したのだろう。

であれば、なるたけプレッシャーにならない形で挑戦を後押しする言い方をした方がいい。

そう思ってのことだ。

「分かりました。負けないよう精一杯頑張ります！」

「ああ。モーリーにもそう伝えておいてくれ」

俺の頼み方は正解だったようで、ミスティナは笑顔に戻って料理勝負への意気込みを口にした。

黒八戒、もう既に楽しみだな。

とりあえず、勝負を受ける受けないの一番大きな部分は確定事項となったが、まだいくつか聞きたいことがある。

俺はもう何点かミスティナに質問を重ねた。

「ちなみにそれって、判定はどうやるかとか聞いてるか？」

「お客さんですね。どちらが作ったかを伏せて食べ比べてもらって、より美味《おい》しいほうを選んでもらう形式だそうです」

なるほど、それならイカサマとかの心配も無いな。

不敗と聞いてそこだけが不安だったんだが、純粋に正々堂々と実力で勝ってきた奴が相手なら尚《なお》更《さら》ミスティナが負ける理由がない。

「ちなみに名店泣かせのゲンジョウ法師って、どこの人なんだ？」

「ズィクテンって街だそうですよ」

ズィクテン……あれ、その名前は聞き覚えがあるぞ。

というか、つい最近行ったことがある気がする。

あの日は別の国でさえあればどこでもよくて、あまり街の名前とかまでは気にしてなかったが、確か……。

などと思いつつ、聖職者証を確認してみると、確かにそこには「発行地：ズィクテン支部」と書かれてあった。

やっぱりか。

まさかのあの街の人だったとは……。

これは俺、料理勝負当日は店にいちゃいけないな。

聖職者ってことはワンチャン相手も俺の神通力に気付くかもしれないし、それで俺がシドだってばれたら面倒なことになりかねない。

ミスティナには悪いが、神通力の気配を感じ取られちゃったりしないよう、当日はハイシルフを介して遠隔で観戦させてもらうとしよう。

それはそれとして……あそこ出身の人なんだったら、たとえミスティナが勝ったとしても一週間分くらいは食料を分けてあげてもいいかもな。

やむを得なかったとはいえ、突然バックレたのを全く悪く思ってないといえば嘘になるし。

ま、そのへんは当日までに考えておくか。

「なるほどな。いろいろありがとう」

「いえいえ！　こちらこそ、相談に乗ってくださりありがとうございました！」

聞きたいことは以上なので、俺は話を切り上げて店を後にすることにした。

瞬間移動装置を起動すると、一瞬で周囲の景色《けしき》はアパートの一室に戻った。

それから一週間が経過して、料理勝負の当日。

名店泣かせのゲンジョウ法師がそろそろ来るってタイミングになると、俺はミスティナたちを見守る態勢に入った。

今俺がいる場所は、完全に現実とは切り離された亜空間。

このような空間さえ作ればハイシルフたちがVR空間のごとく店内の見た目や音を再現できるとのことだったので、ここから料理勝負を見守ることにした。

『そろそろ来ますかねー』

『ああ、そうなんじゃないかな』

この空間は、ミスティナの手伝いをしているハイシルフと俺のそばにいるハイシルフを通じて念話が繋がるようになっている。

もしミスティナが何か俺に相談したいことがあれば、これを使って相談してもらう算段だ。

これなら口を動かす必要がないので、俺とミスティナが何かしらのやり取りをしていても、名店泣かせのゲンジョウ法師に勘ぐられたり裏に誰かいると思われたりするリスクは無いだろう。

俺は投影場所を厨房からホールに切り替えてもらった。

客席は現在、五席だけが埋まっていて、その誰《だれ》もがまだ何も料理を頼まず待っている。

彼らは普段は普通にこの店のお客さんなんだが、今日は名店泣かせのゲンジョウ法師戦の審判として来てもらった。

まあ要するに、今ここには一般客は一人としていないというわけだ。

「……あれ、そうかな？」

窓の外を見てみると……いかにも修道士っぽい見た目をした一人の人が、この店に向かってずんずんと歩いてきていた。

彼はドアを開けると――。

「頼もう！」

威勢のいい声で、そう叫んだ。

思わずビックリするような声量だが、一般客はいないのでまあ大丈夫だな。

「厨房はどっちだ？」

「こちらです！」

ヒマリの案内で、名店泣かせのゲンジョウ法師は厨房へと向かった。

「厨房に移動してくれ」

「はーい！」

俺も投影場所を厨房に戻してもらった。

視点を切り替えて待っていると、ヒマリと名店泣かせのゲンジョウ法師が入ってきた。

「お初にお目にかかります。私、ゲンジョウと言います」

先ほどの威勢の良さとは打って変わって、名店泣かせのゲンジョウ法師は丁寧な声で挨拶《あいさつ》をし、ミスティナに名刺を渡した。

道場破り感は最初だけ出す感じか。

あれはただパフォーマンスとしてやっただけで、根は良い人なんだろうな。

「お話はお伺いしております。貴方《あなた》の活動目的も、勝負方法や勝敗の条件も」

「話が早くて助かります。それでしたら早速、お題を決めましょうか」

前置きもなく、彼らは勝負のためのメニューを決めに入った。

「ええ。こちらをご覧ください」

ミスティナが名店泣かせのゲンジョウ法師にメニューを渡すと、名店泣かせのゲンジョウ法師は真剣な目つきで目を通し始めた。

「じゃあ、まず一品目は……ステーキで」

悩んだ挙句、彼はそう言ってメニューを決定した。

まあ、勝つ気でメニューを選びにきたらそうなるよな。

こちらの十八番《おはこ》というか専門分野である日本食で戦うのは避けたいだろうし。

「分かりました。材料は、お互いこの中にあるものを使いましょう」

ミスティナはそう言って、机上に一枚だけポンと置いてあるワイバーン周遊カードを指した。

この中には手持ちの全食料及び全種類の調味料が、百人前分ずつつくらい入っている。

素材で不公平感が出ないよう、食材選定の段階から選択肢を持たせられるようにするためだ。

「かしこまりました」

各々自分が使う分の食材と調味料を取り出すと、調理を開始した。

腕前は……見てる分にはどっちが上とか全く分からないくらい、両者拮抗《きっこう》している様子だった。

十数分待っていると、両者とも料理が完成した。

盛り付けられた皿に、ミスティナが調理したものには1の、名店泣かせのゲンジョウ法師が調理したものには2の数字が書かれたプレートが添えられる。

「じゃ、ワタシ配膳《はいぜん》してきますねー」

ヒマリは審判役の五人の常連客のもとへ料理を運んだ。

常連客たちが料理を食べる様子を、ミスティナと名店泣かせのゲンジョウ法師は遠くからひっそりと見守る。

「それではみなさん、どちらがより美味《おい》しかったか札を挙げてください！」

全員が食べ終わると、ヒマリがそう言って「1」「2」と書かれた旗を一本ずつ全員に配っていった。

結果はというと……。

「1が四人、2が一人ですね」

ミスティナの料理の方が美味《うま》いという方が多数派だった。

とりあえず、ステーキの部はミスティナの勝ちだな。

この料理勝負は、先に二つのメニューで多数の票を勝ち取ったものが勝者となる。

次のメニューでミスティナに軍配が上がればミスティナの勝ち、名店泣かせのゲンジョウ法師に軍配が上がれば三品目の延長戦に突入だ。

厨房《ちゅうぼう》に戻ると、二回戦目のお題の選定が始まった。

「じゃあ……次はこれで」

名店泣かせのゲンジョウ法師が選んだのは……なんと、ショートケーキだった。

ここでデザートって……この法師、三回戦目に突入する気がないのか？

と言いたいところだが、実際にはそういうわけではなく、ただ単に慣れたメニューで勝負しようとした結果残る選択肢がそれくらいしか無かったのだろう。

三回戦目にデザートを取っとこうとして、ここで大トロなんか選ぼうもんならそれこそミスティナにめちゃくちゃ有利だしな。

純粋に勝ちに来ているが故の選択ではあるはずだ。

「分かりました」

二人は調理を開始した。

しかしまあ……これは時間がかかるよな。

俺が時空調律しに行くわけにもいかないので、生地を焼く時間がまんまかかってしまうし。

審査員たちにはそこも含めて了承を取っているので問題ないっちゃないんだが、いかんせん暇だ。

「焼きあがったら起こしてくれ」

「おっけーい！」

「超級錬金術」

俺はベッドを作って仮眠を取ることにした。

「……きたよ――、できたよ――」

意識が落ちたかと思ったのも束《つか》の間《ま》、俺はハイシルフにゆっさゆっさと揺さぶられて目を覚ますこととなった。

「お、どんな感じだ？」

見てみると、ちょうど二人がホールケーキを五等分するところだった。

先ほどとは違い、今回は名店泣かせのゲンジョウ法師の料理にAのプレートが、ミスティナの料理にはBのプレートが添えられた。

仮に先ほどの勝負で名店泣かせのゲンジョウ法師やミスティナの表情から「1がミスティナだな」みたいに予測されてたとしても、それが今回の勝負に影響しないようにするための工夫だ。

ヒマリが配膳し、常連客たちが二人のケーキを一切れずつ試食する。

「それではみなさん、どちらがより美味しかったか札を挙げてください！」

ヒマリが「A」「B」と書かれた旗を配ったら、結果発表だ。

今回の結果は――。

「Aが零人、Bが五人ですね」

なんと、ミスティナの完勝だった。

凄《すご》いな。勝つとは信じていたが、まさかこれまで数多《あまた》のシェフを降《くだ》してきた挑戦者相手にここまでの結果を出すとは。

「いやあ、完敗です。脱帽しました」

名店泣かせのゲンジョウ法師はというと、特に悔しそうにするわけでもなく、爽《さわ》やかな笑顔で負けを認めた。

「約束通り、黒八戒を一頭お譲りします」

「ありがとうございます！」

そしてめでたく、黒八戒のゲットだ。

これで大団円か。

と思ったが、その直後、名店泣かせのゲンジョウ法師はミスティナにこんなことを尋ねだした。

「ただその前に……もしよろしければ、一点お伺いしたいことがございます」

「ええ……何でしょう？」

「貴方……もしかして、シド様という方に心当たりがあったりしますか？」

「……はい？」

名店泣かせのゲンジョウ法師の質問に、ミスティナは困惑の表情を見せた。

それもそのはず。

この質問をされ、ミスティナが図星の表情を見せてしまうのを避けるために、俺は敢《あ》えて自分が何てホーリーネームで活動していたかをミスティナに伝えていなかったのだから。

『マサトさん……何かご存じです？』

『そうだな……。とりあえず、「知りません。その方がどうしましたか？」と聞いてみてくれ』

「知りません。その方がどうしましたか？」

ミスティナは俺の指示通りに名店泣かせのゲンジョウ法師の質問に返答した。

すると、名店泣かせのゲンジョウ法師はこう語った。


「知っての通り、私は貧しき者や孤児たちに食糧を分け与えるためにこの活動をしているのですが。先日とある孤児院にて、『とても美味《おい》しい卵料理を子どもたちに提供してくれて、以降忽然《こつぜん》と姿を消したシド様という修道士がいた』というお話を聞きまして。院長曰《いわ》く、彼の調理法や卵の入荷先といった情報を得て、同じ料理を再現して子どもたちに振る舞えるようになりたいとのことでしてな。それで私は、独特な料理を多く提供なさるこの店にヒントがあるのではと思い、こちらに料理勝負を挑ませていただきに来たのです」


なるほどな。あの孤児たちが、俺の玉子焼きとオムレツの味を忘れられないという話か……。

「そ、そうだったんですね……」

ミスティナはそう言うと、再び俺に意見を求めにきた。

『これはどう返事しましょう？』

そうだな。

事情は分かったので……できれば俺も、あの子どもたちにもう一度玉子焼きとオムレツを味わわせてあげたいところではある。

しかし、それにあたっては何としても身バレを避けなければならない。

別に俺は料理が特筆するほど上手《うま》いわけではないので、ガルス＝ガルス＝フェニックスの卵さえあげればアレと同程度の味は誰でも出せるはずだが……どうやって名店泣かせのゲンジョウ法師の脳内でこの店とシドが結びつくことなく、卵を渡すことができるか。

……そうだ。

『分かった。じゃあこう答えてくれ。「忽然と姿を消した、ですか。それなら当店にも実は心当たりがありますね。少し前に、とある従業員を雇ってみたんですけど……その彼、一日でバックレちゃったんです。店の料理を教える手前の、シンプルな卵料理を教える研修しかしてない段階でね。もしかしたらあなたの言う『シド様』ってのも、同一人物かもしれませんね」ってね』

シドがこの店をバックレちゃったことにすればいいのだ。

こうすれば、この店に同じ品質の卵と玉子焼きのノウハウがあるということと、この店をいくら探っても無駄、むしろこちらがシドの行方《ゆくえ》を知りたいくらいだというのを両立できる。

多少卵をあげて玉子焼きの作り方を教えても、これ以上詮索《せんさく》されずに済むだろう。

『分かりました』

ミスティナはそう返事をすると、名店泣かせのゲンジョウ法師に一字一句同じことを伝えた。

「なるほど……もしかしたらシド様、忽然と姿を消す癖があるのかもしれませんね」

「お互い苦労しますね」

「いえいえ、お互いだなんて。御店からすると迷惑人物かもしれませんが、少なくとも私たち教会や孤児院の者は、彼に恩義しか感じていませんよ」

よし、いいぞ。

無事名店泣かせのゲンジョウ法師も「この店とシドは無関係」という認識を持ってくれたようだ。

それじゃあちょっと、こちらからも交渉を仕掛けに行くとするか。

『ミスティナさん、名店泣かせのゲンジョウ法師に一つ交渉を持ちかけてくれないか？　今机上に置いてあるカードに入ってるガルス＝ガルス＝フェニックスの卵全部をあげて、かつ玉子焼きの作り方も教える代わりに、黒八戒を雌雄一頭ずつくれないかと』

黒八戒については以前百科事典で調べておいたんだが、どうやら不動明王みたいに単性生殖だったり、ガルス＝ガルス＝フェニックスみたいに特殊な生態だったりするわけではなさそうだった。

繁殖方法が普通の豚を手に入れるのであれば、最低でもペアの二頭を手に入れなければ持続的に飼育することができない。

そこで俺は、名店泣かせのゲンジョウ法師側のメリットを提示しつつもらえる黒八戒の頭数を増やせないか聞いてみることにした。

「あの……名店泣かせのゲンジョウ法師さん、一点よろしいですか？」

「何でしょう？」

「私がバックレた店員に教えた卵料理の作り方をお教えする代わりに、黒八戒を雌雄一頭ずつもらえませんでしょうか？　このカード内の卵もオマケしますんで！」

「よ、よろしいのですか？　それでしたらもちろん」

名店泣かせのゲンジョウ法師は快諾してくれた。

「ありがとうございます！　では作り方なんですが……」

ミスティナは名店泣かせのゲンジョウ法師に玉子焼きとオムレツの作り方をデモンストレーショ

ンして見せた。

続いて名店泣かせのゲンジョウ法師も同じ作り方を試したところ、ハイシルフの模倣かと思うくらい完璧《かんぺき》にマスターしていた。

「それでは後日、黒八戒をお届けに参ります。本日はありがとうございました」

「いえいえ、こちらこそ！」

名店泣かせのゲンジョウ法師は卵料理をマスターすると、黒八戒を連れてくることを約束し、店を後にした。

「……ふぅ」

なんだかんだで、教会所属の人へのバレるバレないの綱渡りは疲れたな。

今日はもう、この後はベニテングタケチップスでも食べてのんびりと過ごそう。

◇◇◇

次の日、名店泣かせのゲンジョウ法師は約束通り二頭の黒八戒を連れて店を訪れてくれた。

黒八戒の受け取りはヒマリにやってもらい、俺は名店泣かせのゲンジョウ法師が十分遠くまで帰ったところでヒマリと合流し、黒八戒を浮遊大陸に移した。

黒八戒にもガルス＝ガルス＝フェニックスや不動明王と同じく配合飼料を与え、成長と繁殖を促進して一気に数を増やした。

更に次の日、子どもが十分な数になると、俺は名店泣かせのゲンジョウ法師からいただいた二頭を精肉した。

その日の晩。

お客さんに提供する料理はハイシルフたちに作ってもらう傍ら、俺はミスティナと新商品開発――という体のまかないエンジョイタイムを始めることにした。

「今日、黒八戒を食べられるんですよね。どんな料理にします？」

「そうだな……」

さて、まずはどんな豚料理からいこうか。

少し考え、俺は最初に脳内に浮かんだ料理から始めることにした。

「チャーシューなんてどうだ？」

「チャーシュー？」

料理名を言うと、ミスティナはキョトンとした顔でオウム返しした。

「簡単に言うと……タレに漬け込んで低温でじっくり煮込み、味を染み込ませた豚肉だ。ちょっと作ってみるぞ」

知らない料理のようなので、まずはお手本として俺が作ってみることに。

工程と味を確認した上で、ミスティナに味を最適化してもらおう。

まず俺は、小さめのバラ肉のブロックを一個アイテムボックスから取り出した。

次に、砂糖、酢、みりん、焼酎《しょうちゅう》、醤油《しょうゆ》を感覚で混ぜ合わせ、舐《な》めた感じがそれっぽくなるよう調節してタレを作る。

「超級錬金術」

プラスチックパックを錬成すると、その中にバラ肉とタレを入れた。

「特級建築術」

厨房《ちゅうぼう》の一部を改造して水を57・5度に保つ恒温槽を作り、水を入れて起動する。

水が所定の温度に達したら、そこに肉入りのプラスチックパックを放り込んだ。

「時空調律」

四時間ほど時を飛ばしたら完成だ。

プラスチックパックを開けると、前世のラーメン屋でよく漂っていた懐かしい香りがフワリと立った。

「これがチャーシューという料理なんですね」

「ああ、そうだ」

早速、半分ずつ食べてみることに。

食べた感じは——ラーメン屋で俺がいつもトッピングしていた味そのものだった。

「美味しいですね！」

「そう思ってもらえるなら良かった。これ、より美味しく再現できそうか？」

「やってみます！」

次は俺のやり方を真似《まね》して、ミスティナが作ってみることに。

「……タレ、できました！　肉とさっきの閉じれる袋をください！」

「ああ。アイテムボックス、超級錬金術」

さっきより二回り大きい豚バラ肉とプラスチックパックを渡したら、ミスティナは豚バラ肉の一部をフォークで刺すなど細かな調整をした上で、タレと共に肉をプラスチックパックに入れた。

それを恒温槽に投入すると……。

「時空調律、お願いします。とりあえず一旦《いったん》、三時間四十五分ほど。あとは様子を見て調整します」

「了解、時空調律」

俺はミスティナの指示により、豚バラ肉の時を飛ばした。

「……あと五分」

「了解」

「……完璧ですね！」

ミスティナ的に完璧な調整ができたようなので、チャーシューはそこで完成となった。

半分はそのまま食べるとして、もう半分は他に用途を思いついたので、アイテムボックスにしまっておくことに。

そのまま食べる分を三等分した時……タイミングよく、ヒマリが厨房に入ってきた。

「お疲れ、ヒマリ」

「お疲れ様です！」

「今忙しいか？」

「いえ……配膳《はいぜん》も一段落して、もうしばらくはお会計の人もいないかと」

「じゃあこれを食べていかないか？」

「もちろんです！」

せっかく接客も落ち着いているとのことなので、みんな揃《そろ》ってチャーシューを食べることに。

「「「いただきます！」」」

挨拶《あいさつ》をして、俺たちはチャーシューを口に入れた。

……うん。やはり全然違うな。

肉の下処理とか、お湯につける時間を微妙に変えたりとかの差があるだけで、肉のジューシーさとか味の染み具合とかがさっきとは全くの別物だ。

元の豚の素材の良さが最大限に引き出されていて、一気に高級チャーシューになった気がする。

「ウヒャーッ！　これはまた今までとは全然違うタイプの美味しさですね……！」

「ヒマリは豚肉を食べるのはこれが初か？」

「猪《いのしし》とかだったら全然あるんですけど……ちょっと進化するだけで、全く質が変わるんですね！」

「ああ、そうだな」

ヒマリも気に入った様子だ。

「なんか元気がもらえました！　またホールに戻ってきますね！」

「ああ、よろしく」

ヒマリはチャーシューを食べ終えると、テンションの上がった様子で厨房を去っていった。

俺たちも食べ終えると、次の料理に入ることに。

チャーシューを使った料理となると……ラーメンも良いが、その前にまずはチャー繋《つな》がりでアレを作るか。

俺はアイテムボックスからさっきしまったチャーシュー及びガルス＝ガルス＝フェニックスの卵とアミロ17を取り出した。

「今度は何をお作りに？」

「チャーハンって料理だ。これもまあまずは見てくれ」

俺は米を研ぎ、「時空調律」を使って一瞬で炊飯した。

蒸らしている間にチャーシューを細かく刻み、あと溶き卵を作っておく。

コンロでフライパンを温めると、油をひいて、それから溶き卵を投入した。

溶き卵が半分くらい固まったところで、ご飯と刻んだチャーシューをフライパンに投入。

あとは適宜調味料を加えながらしばらく鍋《なべ》を振ったら完成だ。

「こんな感じだ。食べてみてくれ」

「ありがとうございます！」

半分ずつ取り分けて、実食。

これまた懐かしい感じの味がした。

大学生の時とか、よくこんな感じで作ってたんだよな。

社会人になってからは会社がブラックすぎてそんな余力すらなくなってしまったが……こうしてまたこれが食べられるようになったのは、本当に幸せなことだと思う。

「どうだった？」

「ご飯がパラパラしてて良い感じだなと思いました！」

「そうか。これはあくまで基本だから、あとはこれをベースに自分でいろいろアレンジしてみてくれ」

「ありがとうございます！」

今度はミスティナに作ってもらう番だ。

「アレンジ……そうですね。じゃあ、海老《えび》使いますね！」

「お、良いね」

海鮮チャーハンか。楽しみだな。

ワクワクしながら待っていると、程なくしてミスティナ作のチャーハンが完成した。

さて、今回もまたヒマリがタイミングよく戻ってきたりは——。

「ラストオーダー、取り終えました！」

したぞ。

こんなこと有り得るのか。

「ちょうど次の一品ができたぞ」

「わあい！　もちろん食べます！」

というわけで俺たちは、奇跡的にまた三人揃ってまかないを食べることとなった。

ラストオーダーってことは、今回はさっき以上にしばらく安泰だな。

「「「いただきます！」」」

挨拶するや否や、海鮮チャーハンを一口頂いてみる。

……うん。この豚、海老との相性も最高だな。

お互いがお互いの旨味《うまみ》を引き出して、絶妙に調和し合っている。

さっき俺が作ったのもあれはあれで庶民派チャーハンとしての美味《おい》しさがあったが、やはりミスティナが作る本格派チャーハンは格が違うな。

「あー、よく働いた後の新料理は全身に沁《し》みますー！」

ヒマリは一瞬でチャーハンを平らげ、机にグデンとなりながら心地《ここち》良さそうにそう呟《つぶや》いた。

「なんかすいません、まかないに贅沢《ぜいたく》な材料をふんだんに使っちゃって……」

「何を言っている。そもそもこれは企画開発も兼ねてるんだし、そうでなくともこのくらいの福利厚生、あって当然だろう」

「ありがとうございます。新しい人気メニューを創出できるように頑張りますね！」

こうして俺たちの黒八戒デビューは、大満足の二品と共に幕を閉じた。

一通りのものが揃ってきたからか、ここ最近は新たな食材が一個増えるごとに作れるメニューの選択肢がグンと増えるようになったよな。

今までいろいろ積み重ねてきた甲斐《かい》があるってもんだ。

第四章　ペガサスと絶対食中毒にならない肉

それから約一週間。

他にもいろいろな豚料理を作り、豚でできることは一通り試したかというところで……俺はそろそろ次の肉が欲しくなってきた。

鶏、牛、豚と来れば——残りはそう、馬だ。

食べたことはないんだが……馬刺しとか、めちゃくちゃ美味《うま》いって前世でも結構評判だったしな。

せっかくここまで来たのなら、畜産をコンプリートしたい。

そんな考えが沸々と湧《わ》き上がってきたのだ。

まずは情報収集から。

「なあヒマリ」

「なんでしょう？」

「この世界で美味い馬とか、何か知らないか？」

とりあえず、俺はヒマリにそう尋ねてみた。

すると……どうやらヒマリは心当たりがあるようだった。

「美味い馬ですか……そういえば過去に一回、食べたことがありますね」

「ほう、どんなのだ？」

「えーと、ペガサスっていう天高くを飛び回ってる馬です！」

聞いてみると、まさかの名前が出てきた。

ペガサス、存在するんだ。

しかもヒマリ、それを食べたのか。

「それって……食べてよかったのか？」

「私は大丈夫でしたよ！　もしかしたら普通のニンゲンには毒かもしれませんが……たとえそうだったとしても、マサトさんなら平気だと思います！」

「お、おう」

毒の有無を聞きたかったわけじゃなくて。

ペガサスって何となく神聖なイメージがあるので、食べると良くないことが起こったりとかそういう懸念があるんじゃないかというのが質問の意図だったんだがな。

ま、いっか。

そもそも「ペガサス＝神聖」っていうイメージ自体俺の前世の記憶からくる勝手な先入観だし、実際は全くそんなことないのかもしれないしな。

偏見に囚《とら》われて、本来ありつけるはずだった極上の食材を逃してしまうのはそれこそもったいない気がする。

そう考えを改めた俺は、これ以上ヒマリにペガサスを食べることの是非は聞かないことにした。

「それ……どこで獲《と》れるんだ？」

「かなり空高く飛ばないとだめですね。少なくとも、ワタシが今までマサトさんを連れて飛んだことのあるような高度じゃ全然いません」

「高度を上げれば必ず見つかるのか？」

「いえ、そこまでは……。そもそもそんな高度まで飛んだの、過去に一回きりですし」

獲る方向で考え、居場所を聞いてみたものの、ヒマリもあまり正確に把握しているわけではないようだった。

唯一分かっているのは、とにかく超高高度を探さなければいけないことくらいか。

まあもしかしたら、高度さえ上げればそこらじゅうにいたりするのかもしれないし……まずは下調べとかの前に、一旦《いったん》現地に赴いてみるのがいいかもな。

「よし、じゃあ行ってみるか」

「今からですか？」

「ああ」

「でしたら……あの高度、ワタシが自力で飛ぶのはすごくしんどかった記憶があるので、バフとかかけてもらえますか？」

「もちろんだ」

俺たちはそんな会話をしながらアパートから出た。

「定時全能強化」

ヒマリが竜の姿に戻ったら、いつものバフを発動する。

そして、鉛直上向きを目指してひたすら飛んでいった。


「確か以前は……このくらいの高度だった気がします」

大気の薄さ故に空が真っ黒に見えるくらいの高度まで来た時のこと。

ヒマリはそう言って、高度上昇をやめた。

「なんか凄《すご》いスピードで白い馬が走ってたんですよね……。走ってたとは言っても、足がそんな感じの動きをしてただけで、もちろん実際に地面を蹴《け》ってるわけじゃないですが」

「なるほどな。とにかく高速で動く白い物体を追いかければいい、と」

これだけ暗い場所だと、白く見えるというのは見つけやすそうで助かるな。

「とりあえず、手分けして探してみるか」

「そうですね！　バフが切れたらかけ直してください」

「了解」

俺たちはそれぞれ反対方向に分かれて、ペガサス探しを開始した。

縦横無尽に動き回り、３６０度見回しながら、白い高速移動する物体がいないか目をこらす。

が……いくら探しても、成果は得られなかった。

『あの……そろそろバフください！』

ハイシルフを通じてヒマリからそんな通信が飛んできたので、一旦「定時全能強化」をかけるために合流しにいく。

「定時全能強化」

「ありがとうございます」

「場所……変えてみるか？」

「そうですね……」

あまりにも何も見当たらないので、俺たちは緯度と経度が十度変わるくらい大胆に場所を移して探索を再開することにした。

しかし——。

「ここでも見当たらないな」

「そうですね……」

やはり、何も成果を得ることはできなかった。

そもそも白い物体自体、一回流れ星を見間違えたくらいでほとんどエンカウントすることができていない状況だ。

流石《さすが》にこの闇雲に探すやり方は計画性がなさ過ぎたか。

もっと生息域とかしっかり下調べして、遭遇率の高いところに目星をつけてから来るべきだったか？

「……一旦今日の探索は終わりにするか」

「それがいいかもですねー……」

俺たちは地上に降りることに決めた。
地上に向かって少しだけ飛んで初速をつけ、あとは自由落下に身を任せる。

が――そうして間もない時のことだった。
「うわっ!」
突如としてまばゆい光が目の前に出現し、俺たちは思わず急ブレーキをかけた。
暗闇《くらやみ》からのあまりの明るさの変化に、視界が完全に白飛びしてしまう。
何だ? もしかして、ペガサスの側からお出ましになったか?
と思ったが……目が慣れてきてよく見てみると、その姿は明らかに馬ではなかった。
というか、俺がよく知っている者のシルエットがそこにあった。
――シルフを進化させる時に召喚した稲妻おじいさんだ。
なぜだ。瞑想《めいそう》すらしていないのに、なぜ今この人がここに。
困惑していると、彼が俺たちに話しかけてきた。
『お主ら……もしやペガサスをお探しかな?』
どういうわけか、俺たちは稲妻おじいさんに目的を見抜かれてしまっていた。
『ああ、そうだが……』
別に隠すようなことでもないと思ったので、肯定的な返事をしてみる。
すると、稲妻おじいさんはこんなことを言い出した。

『それはちょうど良かった。実はそのことで、人間界の者に相談したいことがあってな。少し話を聞いてはもらえんだろうか？』

相談だと……？

俺たちが助けになれるようなことが果たして何かあるのだろうか。

『聞くだけならな。力になれるかは別として』

『おお、すまんな。それだけでも十分ありがたい』

相談に乗ることに決めると、稲妻おじいさんは目を細めて喜んだ。

しかしまあ、こうも空中に浮かんだままだととても話し合いなんてできたもんじゃないな。

「亜空間化、特級建築術」

俺は適当な亜空間を一つ作り、そこに椅子とテーブルを用意して即席の応接室を拵《こしら》えた。

それじゃ、話とやらを聞かせてもらおうか。


まず本題に入る前に……俺は気になったことを一つ聞いてみることにした。

『そういえば、なんでこのタイミングで急に現れたんだ？　人間界に用があれば来ればいいのに』

別に俺に相談があるんだったら、二回も召喚したんだからその時についでに聞けばよかったのでは。

そうでなくとも、別のタイミングで改めて訪問してくれたってよかった。

にもかかわらず、なぜ空中を高速で移動してるところに割り込んでまで今話しかけにきたのか。

そこを変に思ったので、俺は疑問をぶつけてみた。

すると稲妻おじいさんは、悲しげにこう答えた。

『儂《わし》ら神は自由に人間界には行けんのだ。例外は人間に召喚された時だが、その時は召喚した人間の望みを叶《かな》える以外の行動はできん。ゆえに、この時を逃せば他にはなかった』

なるほど、そういう理由か。

って……それで納得できるか。

その論理だと、ここで俺たちに話しかけられたのもおかしいだろ。

『じゃあなんでさっきは話しかけてこれたんだ？　別にここが神の領域ってわけでもないだろう』

超高高度とはいえ、ここはただの成層圏と中間圏の境くらいの場所。

別に地上と次元を隔ててるわけではない。

人間界に来るのがダメなんだとしたら、別にそれはここも変わらないのでは。

と思ったが、返ってきた答えは意外なものだった。

『ここは半聖域と言ってな、神が人間の召喚無しに降りられる下限の空間なのだ。神が人間と自在に交流できる唯一の場所……とも言い換えることができるな』

へえ、半聖域なんてものがあるのか。

そういうことなら、確かに納得だ。

人間の活動範囲と物理的に隔離されてれば降臨が許されるのか、何が条件なのかは知らないが……深くつっこむのはやめとこう。

めんどくさそうだし、そこまでは聞かなくても一応俺の疑問は解消されたしな。

などと思っていると、稲妻おじいさんは謎の補足を始めた。

『ちなみに神が人間界におれんとは言っても、実は一つだけ例外がある』

『ほう、どんな？』

『例えばお主だな。人間から神に昇格した現人神《あらひとがみ》だけは、もともと人間だったということが加味され、神となった後も人間界に残ることが許される』

ああ、俺ってそういう立ち位置なんだ。

別に気にしてすらいなかったぞ。

なんかちょっとした疑問を聞くつもりがどんどん話が明後日《あさって》の方向に逸《そ》れつつあるので、ここらで本題に話を戻すか。

『ところで……相談はペガサスに関してだったな。何が聞きたいんだ？』

俺はそう質問し、話を軌道修正した。

すると稲妻おじいさんは、ペガサスの現状についてつらつらと語りだした。

『実は今、神々の間でまずいことが起きておってな。ペガサスが絶滅の危機に瀕《ひん》しておるのだ』

『えっ……』

『理由は二つ、神々の間での食肉としてのペガサスの需要増、そしてペガサスの主食であるホーリーコーンの不作だ』

『なるほど』

『神々の間での食肉としてのペガサスの需要増は、約二百年前、ペガサスの美味《おい》しい食べ方が開発されたのがきっかけだ。それ以降、ペガサスの乱獲が始まってな。その勢いは、ペガサスが新たに生まれるペースを超えるまでになってしもうたのだ』

『それはまずいな』

『そこに輪をかけて起こったのが、近年のホーリーコーンの不作だ。ホーリーコーンは神界に生えている穀物でペガサスの主食なのだが……どういうわけか近年、その育ちが悪くなってしまってな。ペガサスの減少に拍車をかけてしもうとるのだ』

『ほうほう』

『今となっては、天然のペガサスは完全に全滅。養殖のペガサスも、ホーリーコーンの不足のせいでカロリー消費を抑えるのが急務となり、半聖域への放牧で運動させることもままならない。お主が見つけられんかったのも、それが理由だ』

『そんな……』

なんと、俺たちがペガサスを見つけられなかったのは神々が原因だった。

なんか神も人間と似たような過ちを犯してるんだな。

いやむしろ、順番的には人間の方が、悪い部分が神に似てしまったというのが正しいのか。

などと考えていると、稲妻おじいさんはこう続けた。

『そこでお主に相談したいんだが……人間界に、何かこの問題を解決できるヒントがないだろうか？』

なるほど、そこが人間界を頼りたかった部分か。

そういう用件なら……確かに俺、適任者かもしれないな。

『ああ、もしかしたら助けになれるかもしれない。ホーリーコーンを少し分けてもらえないか？』

浮遊大陸で成長促進剤を用いて栽培できれば、まずホーリーコーン問題については簡単に解消できるだろう。

それに成長促進剤で配合飼料が作れれば、「出生数∧需要」となってしまっている問題についても同時に解決する。

ただ神界の植物を育てるのはこれが初であり、「成長促進剤が効くのか」とか「アルティメットビニルハウス必須《ひっす》な栽培難易度なんじゃないか」とか「ペガサスは配合飼料で成長促進させられる生き物じゃないんじゃないか」とか懸念点も少なからず存在するので、期待させすぎないために「もしかしたら」をつけておいた。

『おお、協力してくれるのか！』

稲妻おじいさんはパッと顔が明るくなった。

『先にも述べた通り、不作が続いておるから多くはやれぬが……今儂が持っておる分は全《すべ》てやろう。待っててておくれ』

続けてそう言うと、稲妻おじいさんはふっと応接室から姿を消す。

数秒後、彼は腕一杯に白銀に光るトウモロコシを抱えて戻ってきた。

『これがホーリーコーンだ。少ししかなくて恐縮だが……なんなりと使ってくれ』

目いっぱい用意してそれなのか。

どうやら不作というのは、想像の数十倍深刻な状況のようだな……。

まあこちらとしては、最悪一粒でもあれば何度も収穫を繰り返して指数関数的に数を増やせるので別に問題ないのだが。

『分かった。こっちで増やせないか試してみる』

俺はそう言ってホーリーコーンを受け取り、アイテムボックスにしまった。

『頼んだぞ』

そんな言葉を最後に、稲妻おじいさんは深く頭を下げてから姿を消した。

俺のペガサス入手……この栽培と配合飼料作りが上手《うま》くいくかどうかに全《すべ》てがかかっているな。

即席の亜空間を消すと、俺たちはホーリーコーン栽培のため急いで地上に戻った。


地上に帰還すると、早速俺は浮遊大陸に移動した。

まず最初に検証すべきは、これを育てるのにどのくらいの環境が必要かだな。

落下中に鑑定してみた感じだと、特にフラガリアーアトランティスのように「特殊な環境を要する」とかは書かれていなかったので、ビニルハウス系のアイテムはいらない気がするがどうだろう。

俺は何粒か実を外し、浮遊大陸本島の地面に植えてみた。

そして、成長促進剤４００ＨＡ１Ｙを散布する。

すると……ホーリーコーンは問題なくすくすくと育ち、たくさんの実を生《な》らせた。

これでいけるのか。

とりあえず、ホーリーコーン不作問題はこれで解消できることが確定したな。

そうと分かれば本格栽培して数を増やすのみ。

俺はヒマリに土づくりを、ハイシルフたちに雨雲の操作を手伝ってもらって、幾度にも亘《わた》って栽培を繰り返し、膨大な量のホーリーコーンを収穫した。

お次は成長促進剤配合飼料作成だ。

「これっていつもみたいに調律できるか？」

「もちろんだよー！」

配合できるかハイシルフに聞いてみると、自信満々な返事が返ってきた。

「じゃあこれで」

十缶ほどの成長促進剤４００ＨＡ１Ｙをハイシルフたちに渡し、調律と味の最適化をやってもらう。

「できたよー！」

程なくして、配合飼料が完成した。

結局、いろいろ想定した懸念点は全部杞憂《きゆう》だったな。

じゃあ稲妻おじいさんに報告といくか。

先ほどは半聖域で会ったが……こちらから神に用事があるときは別にあそこまで行かなくても、召喚してしまえばいい。

俺は瞑想し、体内の神通力を練り上げた。

すると、すぐに稲妻おじいさんが降臨した。

『ホーリーコーン、できたぞ』

配合後浮遊大陸上に山積みにされているホーリーコーンを指し、俺はそう伝えた。

『な……この短い時間であんなに⁉　いったいこれはどういう……』

稲妻おじいさんは目が飛び出さんばかりに驚いて、しばしの間固まってしまった。

『収穫まで育てるには、どんなに工夫をしても八か月を切ることなどできなかったというのに……！』

『成長促進剤っていう、栽培時間をスキップできる肥料を使ったんだ。一回散布すれば一年間時を飛ばせるから、八か月で育つ植物には十分だな』

『人間界にはそんな便利な物があるのか……。何かヒントがあればとは思っていたが、想像以上だったな……』

促成栽培の秘訣《ひけつ》を説明すると、稲妻おじいさんは膝《ひざ》を打った。

『ありがとう。これでとりあえず、飼料不足の問題は解決だ！』

稲妻おじいさんはお礼を口にすると、配合飼料となったホーリーコーンを自身の亜空間に収納していった。

『これであとは、一時的に消費を抑えて繁殖のペースが勝つようにさえすれば……！』

『その必要は無いぞ。さっき言った成長促進剤だが、このホーリーコーンにも配合してある。ペガサスがこれを食べれば、すぐに成長して増えてくれるはずだぞ』

『なんですと⁉』

しかし成長促進剤への配合の話をすると、稲妻おじいさんは驚いて収納作業の手が止まってしまった。

『植物だけでなく動物まで……成長促進剤、何から何まで万能なのだな』

『動物にも使えるのは、ここにいるハイシルフたちのおかげだけどな。もともとは植物にしか効かないところを上手《うま》く調律してくれたんだ』

『おお、この子たちは……確か儂が進化させたあの木にまつわる精霊だったか。すまんな、協力してもらって』

『ぜんぜんおっけーだよー！』

『むしろ、いつもやってることだよー！』

稲妻おじいさんは神というだけあって、普通の人間とは違いデフォルトでハイシルフたちを認識できるようだ。

『ちなみにペガサスってどのくらいで成長するんだ？』

『生まれてから子を産めるようになるまででいうと、一年と八か月だな』

『なるほど。その飼料は一回に一年分までしか成長させられなくて、一回フルに成長促進したら七日待たないと更に効かせることができないから注意してくれ』

『むしろ一年飛ばせるだけでも凄《すご》いのに、七日待てばまた効くのだな。承知した』

念のため、ふと一年という成長促進期間がペガサスにとって十分なのか気になって聞いてみたところ、まあ少なくとも焼け石に水ということはなさそうだった。

一年八か月なら、今赤子の馬であっても一週間後には子を産めるようになっている計算だな。

成長促進剤1A10YNCを配合し直す必要とかは無さそうだ。

ただそうは言っても、一回クールタイムを挟むのは少し面倒だな。

神々が神界でペガサスを育てている間に、こっちは面積的にも促進期間的にも400HA1Yの完全上位互換である成長促進剤がないか探してみるか。

そんなことを考えていると、稲妻おじいさんはホーリーコーンを収納し終えたようだ。

『改めて、この度は本当にお世話になった。礼を言うぞ』

『いやいや、いいんだこのくらい』

『この御恩は決して忘れない。この飼料で無事ペガサスの増産に成功したら……その時はまた報告しに参ろう』

『ああ、また召喚させてもらおう』

『お主、ペガサスを探しておったのは……自分も食べたい、あるいは飼育したいと思っていたから で合っておるな?』

『そうだな。その両方だ』

『では報告に参る時に、お礼として何体かペガサスを連れてくるとしよう』

『マジか。それは助かる』

『……またな』

稲妻おじいさんは、ペガサスが無事増やせた場合俺に一部をくれることを約束して神界に帰っていった。

半聖域への放牧量が増えたところで再度狩りに行く必要があると思っていたが、その手間は省けるようだ。

稲妻おじいさんからの報告、楽しみだな。

おそらく再訪は一週間後として……それまでに、上位互換成長促進剤を求めてダンジョンを探し回ってみるとしよう。

ただし今日は疲れたので、また明日からな。

俺はアパートに帰ると、フラガリアーアトランティスを数個だけ食べて床についた。


それから一週間が経《た》ち、稲妻おじいさんに進捗《しんちょく》報告をしてもらう日がやってきた。

この一週間、俺は最初の二日以外は特に何をするでもなくダラダラとした時間を過ごしていた。

成長促進剤の上位互換を見つけたらダンジョン探索は終わりにしようと思っていたところ、早くも一日目で良さげなアイテムが見つかったからだ。

俺が見つけたのは、「クールタイムスキッパー」という液肥に配合可能なアイテム。

見つけた場所は、ダンジョンの二百十四階層だった。

成長促進剤ではないのだが、これがあれば400HA1Yをクールタイム無しにいくらでも効かせることができる。

となると別に上位互換の成長促進剤とか無くってもいいかという気分になり、俺はそこで探索をやめたのだ。

二日目は新たなアイテムこそ探しには行かなかったものの、成長促進剤やクールタイムスキッパーを大量に用意するために、再びダンジョンに潜っていた。

午前中はシュレーディンガーのカードケースをドロップする魔物であるアサシンベアを狩りまくり、午後はひたすらダビングを繰り返す作業を行っていた。

これで今日もらえるであろうペガサスやホーリーコーンをいくらでも育てられるし、仮に稲妻おじいさんが「神界でも成長促進剤を使いたい」とか言い出してもいくらかはあげることもできるというわけだ。

準備は万端なので、早速稲妻おじいさんを呼び出すとしよう。

俺は浮遊大陸に移動し、瞑想《めいそう》を始めた。

心臓が熱くなる感覚の後、背後から白い光の靄《もや》が発生する。

光の靄は、いつもなら稲妻おじいさんの姿に変わるのだが……今回は少し様子が違った。

稲妻おじいさんは確かに召喚されたのだが、それに付随して四体の羽の生えた白馬も召喚されたのだ。

『久しぶり』

『おお、久しぶりだな』

『無事上手く行ったみたいだな』

稲妻おじいさんが召喚されたら、最初に「上手く行ったか？」と聞くつもりだったのだが……そんなのは一目瞭然《いちもくりようぜん》なので、俺は言葉を変えた。

『おかげ様でな。あの成長促進剤入りの飼料は凄《すさ》まじかったぞ』

『そうか』

『ああ。飼育に携わる神は、皆驚きに驚いておったわい。「まるで奇跡だ」とか、「これは本当に現実なのか？」などとな。皆お主のことを救世主として崇《あが》めておるぞ』

救世主って……普通、人間が神を救世主として崇めるものだよな。

なんか立場が逆転してるんだが。

『数はどうなった？　需要をまかないきれるくらいにはなったのか？』

『ひとまず、消費量が出生数を超える事態は解消されたな。あとはホーリーコーンさえ十分にあれば、もうペガサスの個体数が減少の一途《いつと》を辿《たど》ることはないだろう』

『そうか』

稲妻おじいさん曰《いわ》く、どうやらあとはホーリーコーンの生産さえサポートすればペガサスの頭数を維持できるようだ。

であれば、もう神界に配合飼料を送る必要はなさそうだな。

『分かった、じゃあ今回はこれをあげよう』

俺は昨日《きのう》ひたすらダビングした成長促進剤４００ＨＡ１Ｙのうち、半分くらいをアイテムボックスから取り出した。

ホーリーコーンは八か月で育つとのことなので、クールタイムスキッパーに関してはあげる理由は無い。

『成長促進剤だ。これでホーリーコーンを育ててくれ』

『な……またまたこんなに頂いていいのか⁉』

『ああ、もちろん』

さて、ここまでお膳立《ぜんだ》てしたところで、こちらの本題に入ろう。

『それと引き換えに、その四頭を俺たちにくれるのだろう？』

俺は羽つき白馬を指してそう尋ねた。

『もちろんだ。すまんな、またこんなに施しをもらうことになるのであれば、もっと大量に連れてくるべきだった』

『そんなことはないさ。最低限雌雄一頭ずつでも貰《もら》えれば、あとはこちらでどうとでもなるからな』

反省顔の稲妻おじいさんに、俺はそうフォローを入れた。

フォローといいつつ、むしろこれはどちらかというと本音だ。

もしかしたら、ここから更に品種改良を加える可能性もあるからな。

それを思えば、旧型は最小限の方がいいかもしれないわけだ。

『すまんな、何もかも任せきりになってしもうて……』

『だからいいんだって』

稲妻おじいさんは恐縮しっぱなしのまま、俺が取り出して置いた成長促進剤を自身の収納にしまっていく。

収納が終わると、稲妻おじいさんは改まった様子でこう言った。

『これだけ不甲斐《ふがい》ない姿を晒《さら》した後だからついでに言わせてもらうが……お主のペガサス飼育、期待しておるぞ』

『お、おう？』

……どういう意味だ？

『お主にペガサスを渡すのは、もちろんお礼としてではあるのだが……神界も今後何があるか分からんからな。人間界にバックアップがあると、安心できるのだ』

まさかの稲妻おじいさん、俺のペガサス飼育にリスクマネジメントの要素を見出《みいだ》していたようだ。

いいのか、一人の人間をそういう意味で信頼して。

『……そう思うのは構わんが、多分神界で何かが起こるより先に俺の寿命が尽きるぞ？』

『そうか？　儂《わし》にはお主の寿命が無限のように見えるが……』

稲妻おじいさん、人の寿命が見えるのか。

まあ冷静に考えたら神なんだから人の寿命くらい見えてもおかしくはないな。

しかしその寿命の見え方、多分インペリアルエリクサーが原因だぞ。

ハイシルフたちが俺を良き為政者と思ってくれてるうちは大丈夫だし、俺だってハイシルフたちが幸せでいられるように気を配るつもりではいるが、本来の寿命が尽きてからのリスクは決して低いとは言えない気が。

『……あ、でもこの寿命、条件付きだのう』

と思っていたら、稲妻おじいさんもその問題点に気付いたようだ。

すると、次の瞬間。

『よし、ならば条件付きの寿命を無条件にしよう』

稲妻おじいさんは手をポンと叩《たた》くと、俺に手を翳《かざ》して何やら生暖かい力を送り込んできた。

『え……え？』

『ほい、完成。これでお主の寿命は永遠だ』

何だそれ。

そんな軽いノリでできていいもんじゃないだろ。

稲妻おじいさんの能力、一体どうなってんだ……。

『永遠って、そんな……』

『驚いておるようだな。忘れておるかもしれんが、一応儂は神の中では最高位の存在だぞ。寿命を操るくらい容易《たやす》いわい』

そういえば、教会の人がそんなこと言ってた気がするな。

『あと、一応人の心もある程度読めるぞ。お主はとても人間とは思えんほど読みにくいが……少なくとも、儂のことを心の中で「稲妻おじいさん」と思っておることは分かる』

『な……』

『ホッホッホ！』

マジか。そこバレてたのか。

まあ別に怒ってはなさそうなので、その程度なら読まれても問題ないか。

『では儂はそろそろ帰るぞ。お主の召喚力はずば抜けて強力だから、ある程度は本題と関係ない雑談もできるが……それでもそろそろ限界だ』

『そうか。達者でな』

『ああ、お主こそ』

稲妻おじいさんはそう言い残すと、目の前から姿を消した。

残ったのはペガサス四頭のみ。

「よし、じゃあこいつらを育てるぞ。まずは餌からな」

「「「はーい！」」」

俺は栽培用にアイテムボックスに残しておいたホーリーコーンの種を取り出し、浮遊大陸に蒔《ま》いていった。

ホーリーコーンが育つと、ハイシルフたちに成長促進剤とクールタイムスキッパーを配合してもらい、ペガサスの個体数を増やして一部を精肉した。


その日の晩。

俺はまかないとして馬刺しを作ってもらいに店を訪れた。

「お疲れ」

「あ、お疲れ様ですマサトさん！」

「今って手空いてるか？」

「はい！　ここのところハイシルフさんが覚えてないメニューのオーダーは入ってないので！」

ミスティナにしか作れないメニューの注文が入っていたら少し待たないといけないと思っていたが、どうやら来たタイミングは完璧《かんぺき》だったようだ。

「今日はペガサスの馬肉が手に入るかもしれない日……だったんですよね。どうでした？」

ミスティナもペガサスを楽しみにしていたらしく、単刀直入にそう尋ねてきた。

「ああ、ばっちりだ。精肉もしてあるぞ」

そう答えつつ、俺は馬肉のブロックのうち一部をアイテムボックスから取り出した。

「おお、綺麗《きれい》なお肉ですね！　こちらでどんな料理を？」

「そうだな。やっぱり……まずは馬刺しからじゃないか？」

「馬刺し？」

「文字通り、馬肉の刺身だ。大トロのネタを作る要領で切ってもらえないか？」

「え……？」

しかし馬刺しがどんな料理かを話すと……ミスティナはきょとんとしてしまった。

「どうした？」

「あの……肉って生で食べて大丈夫なんですか？」

何かと思えば、ミスティナは食べ方の安全性が気になったようだ。

そうか。もしかしてこの世界、肉を生で食べるって文化が無いのか。

いや流石《さすが》にそんなことはないはず。

肉を生で食べる料理はあるにはあるものの……衛生観念的に、「食べるのはいいが腹を壊しても自己責任」的な立ち位置なのかもしれないな。

だとしたら、肉の刺身と聞いて不安になるのも無理はないか。

結論から言えば、その不安は杞憂《きゆう》だ。

牛肉や馬肉は適切に処理すれば食中毒の菌や寄生虫が一切ついてない状態で食べられるし、とりわけ馬に関しては体温が四十度近くあるのでリスクは更に低いからな。

ん……でも待てよ？

それってあくまで普通の馬の場合の話だよな。

ペガサスも同様に体温が四十度近くあるって考えて大丈夫なんだろうか。

改めて考えると急に不安になってきたので、一旦《いったん》俺は馬肉を鑑定してみることにした。

「鑑定」

●ペガサスの馬肉
天然の個体の場合、主に半聖域〜神界を生息域とする馬・ペガサスから取った肉。

通常の馬肉と比べて旨味《うまみ》が強く、口の中でとろける味わいでありながらもあっさりとしている。

ウルトラリノール酸とウルトラリノレン酸を豊富に含んでおり、食べると一瞬で動脈硬化が解消される。

また、一口食べるとそこから三年間は決して心筋梗塞《しんきんこうそく》を発症しない。

肉全体に聖なる力が染み込んでいるため、食中毒の原因となる菌や寄生虫は表面にも内部にも一切生息できない。


調べてみると……安全性に関しては、むしろ通常以上に保証されていることが判明した。

聖なる力ってそういう効果もあるのか。

それは興味深いな。

「大丈夫だ。鑑定により、食中毒を絶対に起こさない肉であることが今確認できた」

ミスティナを安心させるべく、俺はそう報告した。

「それなら大丈夫ですね！　すぐ用意します！」

安全と分かるや否や、ミスティナはすぐに調理に取り掛かった。

「できました！」

切るだけで完成ということもあり、馬刺しは数分で完成した。

断面はいかにも鉄分を多く含んでいそうな暗赤色で、肉の新鮮さが窺《うかが》える。

それじゃあ早速食べてみようか。

と、その前に。

今日はヒマリ、タイミングよく一緒に食べることはできないのだろうか。

ふとそう思った俺は、一分ほど待ってみることにした。

すると……ヒマリがドアを開けて入ってきた。

「あ、マサトさん来てたんですね」

「ああ。ちょうどペガサスの馬刺しが完成したところなんだが、食ってくか？」

「あ、いや……ちょっと今立て込んでて。ワタシの分はとっといてください！」

が、どうやらタイミングは芳しくなさそうだった。

うーん、じゃあ先に二人で食べるか……？

他にホールを担当できる人がいれば、一時的にヒマリを休ませることも可能なんだが、そんな人材はいないしな。

強いて言うなら配膳《はいぜん》はハイシルフでもできるっちゃできるが、お客さんからすると料理がひとりでに宙を浮いて届くように見えるので、軽くホラーになっちゃうだろうし。

仕方ないか。

いつもいつもタイミング良くはいかないよな。

と、思いかけたが……突如として、俺の脳内に名案が舞い降りた。

——いや、いるぞ。

ごく短時間であれば、ホールを肩代わりできる人材が。

「いやヒマリ、ちょっと一瞬だけ待ってくれ。すぐに代わりのホールスタッフを用意する」

俺はヒマリを呼び止めると、瞑想《めいそう》を始めた。

程なくして、目の前に稲妻おじいさんが現れた。

『今回はどうした？』

『そこの料理をお客さんたちに届けてほしいんだ。あと、お会計をしたいお客さんがいればそれもよろしく』

降臨し、用件を聞いてきた稲妻おじいさんに、俺はそう頼んだ。

そう。代わりのスタッフとは——稲妻おじいさんだ。

稲妻おじいさんはハイシルフたちと違って、一般人でも姿を視認することができる。

そのことは教会でのみんなの反応から確認済みだ。

そして稲妻おじいさんは人の心が読めるらしいので、特に引き継ぎなく配膳を任されたとしても間違えることなく注文の品を届けられるはずだ。

会計についても同様に完璧にこなすことができるだろう。

俺の召喚力なら本筋から外れた雑談も多少はできるとのことなので、お客さんとのコミュニケーションも問題ないし。

お客さん側からしても、これだけ繁盛している店なら急に知らない人が配膳に来ても「新人を雇ったのか」くらいにしか思わないだろう。

『そんな願いで良いのか？』

『ああ』

『そうか。それでお主の助けになるならば、お安い御用だ』

稲妻おじいさんは快く引き受けてくれた。

『何分くらい人間界にいれそうだ？』

『そうだな……少なくとも五分は必ず、持って七分はいられるな』

五～七分か。

それだけあれば、ヒマリのスピードなら十分食べきれるな。

「というわけでヒマリ、休憩に入っていいぞ。一緒にペガサスの馬刺しを食べよう」

「え……ええ⁉」

一連のやり取りを見て……ヒマリは目を見開いて困惑した。

その間にも、稲妻おじいさんは颯爽《さっそう》と料理を持って厨房《ちゅうぼう》を後にする。

「あ、あの……いつも呼んでるあの方、一応最高位神ですからね？　こんなことのために呼び出して大丈夫なんですか……」

「むしろ適役だろう。読心術を使える彼を措《お》いて、他に何の説明もなく業務を引き継げる奴《やつ》がいるか？」

「いやまあ、確かにその観点だとそういう結論になりますけど……」

ヒマリはどこか引っかかる様子で首を傾《かし》げた。

「ま、マサトさんなら許される所業ってことですね、要は！」

そんなこと言ったか？

「彼が降臨してられる時間も長くはないんだ。さあ、食べよう」

「そうですね！　呼んでしまったからには、無駄にはできませんし！」

なんやかんやあったが、こうして俺たちはいつも通り三人で食卓を囲むこととなった。

それじゃ今度こそ実食だ。

馬肉にちょちょいと醤油《しょうゆ》をつけ、口に運ぶ。

とろけるような食感とともに、口全体にしっかりとした旨味とほんのりした甘味が広がった。

「おお、これは」

魚の刺身も美味《うま》いんだけど、馬肉は馬肉でまたちょっと違った良さがあるな。

肉質もバッチリで、特段味の調整とかはせずともこのままブランド馬として通用しそうだ。

「あれ、ペガサスってこんなに美味《おい》しかったでしたっけ……」

ヒマリはといえば、新料理を口にする時にしては珍しく、一口目を食べたところで固まっていた。

なぜそこに疑問を？

「美味しいって知ってたから紹介してくれたんじゃなかったのか？」

「それはそうなんですけど、前食べた時はあくまで馬の中では最上位だったかなって感じで。ここまで美味しかったら、マサトさんが馬肉を食べたいとか言い出す前にワタシの方から紹介してただろうってくらい美味しかったんで……」

「醤油を付けて食べるのが初めてだから、とか？」

「もちろん、それもあるかもしれません。でもなんと言うか、肉質が段違いに良くなってる気がするんです！」

聞いてみたら、ヒマリはそう熱弁した。

なるほど。品種改良とかはまだ特段していないが、もしかしたらハイシルフ謹製の上質な配合飼料を使っていることで、同一種でも天然のと差がついているのかもしれないな。

「ミスティナはどうだ？」

「私、こっちの方が好きかもしれません！」

それは何と比べてだ？

「どういうことだ？」

「この肉、マグロと結構似た感じじゃないですか。私、今まで刺身はマグロが最高だと思ってましたし、一口目を食べたインパクトで言えばマグロの方が美味しいんですけど、なんというかこちらは『いくら食べても飽きない』といいますか。マグロを少しあっさりさせた感じなのが、むしろ私には合ってる気がするんですよね」

なるほど、マグロとの比較か。

確かに、脂身があっさりしてると限界効用の逓減《ていげん》は比較的マイルドになるというのには同意だ。

初手でマグロを食べた後に、後は飽きがこないよう馬肉に切り替える。

もしかしたら、これが最強の刺身の食べ方まであるかもしれないな。

「ぷはーっ！　やはり仕事の途中の間食は最高ですねー！」

一番手で食べ終わったのは、やはりヒマリだった。

「私もおかわりが欲しいくらいです」

続いては、ミスティナが完食した。

気付けば俺の皿に残っているのも残り一切れとなっていた。

「じゃ、ワタシそろそろ戻りますねー！　最高位神様も、もうそろそろ人間界にいられる限界だと思うんで！」

「おう。頼んだぞ」

ヒマリは「人間界にいられる限界」などと韻を踏んで厨房を後にしたかと思えば、ほぼ入れ替わりで稲妻おじいさんが厨房に戻ってきた。

『お……それはもしや、ペガサスのお肉だな？』

稲妻おじいさんは俺たちの方に視線を向けるなり、一切れ残っている俺の馬刺しに興味を示した。

『最後の一切れ……もし良かったら、食べさせてもらってもええか？』

『好きにしてくれ。別に収納の中にはまだ山ほど枝肉が残ってるからな』

『おお！　すまんのう！』

一切れの馬刺しを食べていいと聞いて、露骨にテンションが上がる稲妻おじいさん。

『この紅色の液体は……いったい何かの？』

『醤油っていう調味料だ。つけて食べると美味しいぞ』

『ほうほう。では……』

稲妻おじいさんは俺のアドバイスを聞いて、馬刺しに醤油をつけてから口に運んだ。

すると……。

『な……なんだこの衝撃的な美味さは！』

これでもかとばかりに目を見開いたまま、稲妻おじいさんは数秒ほど固まってしまった。

『こ……こんなものが人間界にはあるというのか！　アイテムだけでなく食文化までも、人間界のほうが圧倒的に豊かではないか……！』

どうやら稲妻おじいさんは醤油に感動したようだ。

『あの……良かったらこれ、儂《わし》に少し分けてもらえんかのう？』

『ああ、構わんぞ』

そんなに喜んでもらえるならと思い、俺はアイテムボックスから醤油のボトルをいくつか取り出して渡した。

『かたじけない！　ではお礼に……お主の神通力を倍に増やすとしよう』

いや、それは別にいらないいな。

神通力はあくまで世界樹を進化させるためだけに鍛えたのであって、それが達成された今となってはこれ以上増やす目的もないし。

『別に無理して対価を渡そうとしなくていいぞ。俺としては、俺の故郷の食文化を広められるだけで十分だからな』

『そうか……。しかし、神通力だけは渡させてほしい。なぜならそうしておけば、今後お主に召喚された時により人間界で自由にできる時間が増えるからな』

それほぼ自分のためじゃないか。

まあ受け取って損をするものでもないし、貰《もら》えるものはありがたく貰っておくか。

『ではこれを』

『お、おう』

稲妻おじいさんが俺の背中に手をかざすと、俺は全身に暖かい力が巡るのを感じた。

『ではまた、気軽に呼んでおくれよ。今回みたいに、どんな些細《ささい》なことでも良いからな！』

そしてそう言い残すと、いよいよ限界が来たようで、稲妻おじいさんは一瞬で透明度を増して消え去ってしまった。

うーん、まさか召喚を楽しみにされるようになってしまうとはな……。

しかし、今後はどんな繁忙度合いでもヒマリも一緒に新料理を囲めるようになったのはデカい。

稲妻おじいさん、おそらくこちらの料理に興味があって俺の神通力を増やしたんだろうし。

今後は召喚するたびに一つ何か試食品を用意してあげるとするか。


次の日。

ふと一つ畜産に関して名案を思いついた俺は、朝の支度を終えるや否や足早に浮遊大陸へと向かった。

思いついた名案とは——不動明王、ガルス＝ガルス＝フェニックス、黒八戒《くろはっかい》にペガサスの「聖なる力」の遺伝子を組み込むことだ。

ペガサスの事例を見るに、「聖なる力」にはどうやら食中毒の原因となる菌や寄生虫を完全に排除する効果があるみたいだからな。

それであれば、他の動物もその力を持つようにすれば、生で食べても食中毒を絶対に起こさない肉が手に入るのではないか。

そんな仮説を思いついた俺は、検証せずにはいられなくなったのだ。

たとえば、鶏《とり》。

前世の俺は一度くらい鳥刺しを食べてみたい、食べてみたいと思いながらも、ついぞ手を出すことなく人生を終えてしまった。

理由は簡単、食中毒が怖かったからだ。

鶏肉の食中毒というのは特殊で、単に腹を下すリスクがあるだけではない。

鶏の食中毒の原因であるカンピロバクターは、重篤な免疫疾患であるギラン・バレー症候群を起こしてしまう恐れがあると言われている。

最悪一日中トイレに籠《こも》れば済むならまだしも、数か月単位で筋肉に力が入らなくなる、下手《へた》すれば死にいたるリスクまであるとなると、いくら美味《おい》しい可能性があるとしても流石《さすが》にリターンが釣り合わない。

そんな考えから、俺は生半可な気持ちでは鳥刺しに手を出せずにいた。

だが鶏肉からカンピロバクターが完全にいなくなるなら、安心して鳥刺しが食べられる。

しかも表面の熱処理すらいらなくなるので、完全なる生の状態を堪能することすら可能だ。

これはあまりにもメリットがデカすぎるだろう。

次に、豚。

黒八戒にも適応することができれば、前世であればタブーとされていた豚の刺身さえも可能となる。

これはもはや常識を覆す革命だ。

パッと思いつくだけでもこんなにもメリットだらけなのに、「聖なる力」の移植に手を出さない理由があるだろうか。

いや、ない。

というわけで、早速始めてみよう。

まず俺は超魔導計算機のゲノムエディタでペガサスの遺伝情報を取り込んだ。

そしてパラメータ調整の検索バーに「聖なる力」と打って検索し、該当の遺伝情報を見つけ出す。

お目当ての遺伝情報が見つかると……俺は「部分出力」というボタンを押し、ゲノムエディタ内に聖なる力の遺伝情報を一時保存した。

「部分出力」の機能は、今まで品種改良のためにゲノムエディタを扱う中で存在だけは知っていたものの、実際に試したことは無かった機能だ。

名前的に「ある生物の遺伝情報の一部をコピーしておいて、それを別の生物の遺伝情報にインポートする」的な使い方ができる機能だと思っているのだが、それで合ってるだろうか。

分からないが、たぶんそうだと信じて続きをやってみよう。

今度はガルス＝ガルス＝フェニックスを飼育している離島に移動して、ガルス＝ガルス＝フェニックスの遺伝情報を読み込んだ。

そこに、先ほど一時保存した「聖なる力」の遺伝情報を加えてみる。

『遺伝情報の合体に成功しました』

「インポート」というボタンを押してから数秒待つと、そんなポップアップが出現した。

これで望んだ品種改良ができているだろうか。

「みんな、この鶏をこの遺伝情報に書き換えてくれ」

「「「はーい！」」」

いつものように光の球として遺伝情報を出力したら、それをハイシルフたちに渡し、品種改良してもらった。

「「「できたよー！」」」

ハイシルフたちから品種改良完了の合図があったところで、どんなふうになったかをチェックしてみることに。

「鑑定」

●ガルス＝ガルス＝フェニックス【ペガサスアペンド】
何度でも蘇《よみがえ》る不死鳥の鶏。死に際には特殊な転生用卵を七つ産んで飛散させる。復活には転生

用卵を一か所に集め、祈る必要がある。

通常の食用卵に関しては、味の面でこの種の右に出る鶏はいない。

この個体は類まれなる能力を持つ究極の農家・新堂将人《しんどうまさと》によって転生用卵飛散範囲が浮遊大陸の離島内に限定され、更にペガサスからの遺伝情報の移植により聖なる力を得ている。


調べてみたところ――品種改良は、完璧《かんぺき》に上手《うま》く行ったようだ。

「よっしゃ」

これで今日は鳥刺しを食べることができるな。

この調子で、不動明王と黒八戒にも品種改良を施していくとしよう。

俺はそれぞれの離島に移動し、同様に遺伝情報のインポートをしていった。

ハイシルフによる品種改良実行後、念のため鑑定してみたところ、どちらもちゃんと味などはそのままで、聖なる力だけを追加することに成功していた。

その確認が取れた後は、今日の分の肉を確保するため、それぞれ何頭かずつ育てて精肉まで終えた。

ちなみにハイシルフたち曰《いわ》く「鶏も牛も豚もホーリーコーンで育てたほうが聖なる力が増す」とのことだったので、餌はホーリーコーンで統一することにしてある。

今までは海鮮系の刺身も馬刺しもだいたい醤油《しょうゆ》をつけて食べてきたが……鳥刺しとかもあるとなると、そろそろポン酢が欲しくなってきたな。

俺は適当に近くの野山を巡り、良さげな柑橘《かんきつ》系の果物を見つけてきては品種改良を施し、浮遊大陸で育てて収穫した。

その果物と醤油をベースにポン酢を作り、各種お肉の刺身を食べる万全の態勢ができた頃《ころ》には、ミスティナが開店準備をしに店に来るような時間になっていた。

じゃ、ちょっとゆっくりしたら今日も新商品を作ってもらいに行くとするか。


その日の夜、店にて。

「あ、マサトさんお疲れ様です！」

「お疲れ。今日の注文状況はどんな感じだ？」

「今日も一件だけ開店直後にマイナーなメニューの注文が入った以外は、定番メニューの注文ばっかりですね！」

様子を窺《うかが》ってみると、どうやら今ミスティナの手は空いてそうだと分かったので、俺は早速まかない作りに取り掛かってもらうことに決めた。

「今日は何を作りましょうか？」

「今日はそうだな、とりさ――」

メニューを聞かれ、俺はまず鳥刺しから注文しようとした。

が……その時ふと俺は気が変わり、鳥刺しの前に一品作ってもらいたいものができたので言葉を止めた。

そういえば……今まで何の疑問もなくホーリーコーンを家畜の餌としてだけ使ってきたけど、あれって実は人間が食べても美味しい可能性があるんじゃないか？

そんな考えが頭に浮かんだ俺は、まずそちらから検証したくなったのだ。

「色々あるんだが……まずはこれで一品何か作ってくれないか？」

俺はそう言って、ホーリーコーンを何本か手渡した。

「……何でもいいんですか？」

「ああ、何か特定の料理を作ってほしいわけじゃないからな。好きに使ってくれ」

作る料理に関しては、ミスティナに任せることに。

「かしこまりました！　これは私の腕の見せどころですよぉっ！」

ミスティナはウキウキした様子で調理に入った。

何か十八番《おはこ》のとうもろこし料理でもあるのだろうか。

どんなものが出てくるか楽しみだな。


しばらくすると……。

「完成です！」

そう言ってミスティナが運んできたものは――コーンポタージュだった。

その表面はまるで絹のように滑らかで、別皿にはご丁寧に砕いたクラッカーまで添えられている。

非常に食欲をそそる組み合わせに、俺は心が躍った。

なるほど、その発想は無かったな。

俺の脳内には炭火焼きにするかバター焼きにするかくらいの選択肢しかなかったので、完全お任せで頼んでみて正解だった。

ポタージュに砕いたクラッカーは、前世でもよくやった組み合わせではあるのだが……ミスティナ、いったいいつの間にクラッカーなんて用意していたのだろう。

この店のメニューには、そんなの無いはずなのだが。

俺が店に来ない日も、自分で色々新しいものを作って試してみたりしているのだろうか？

だとしたら、ふとした瞬間にどんな大人気メニューが爆誕するか分からないので、是非とももっともっとやってほしいな。

現に今もこうして、その積み重ねが活《い》きているのだし。

さて、それはそれとして俺はスープに入れるクラッカーは少し水気を吸ってフニャった頃が良い派だ。

ミスティナが机にポタージュを置くと、すぐさま俺は砕いたクラッカーを一つまみ入れようとした。

が……そこで俺は、大切なことを一つ忘れていたのを思い出した。

そういえば俺、確かホーリーコーンを鑑定したことって一度も無かったな。

これ、美味しいとか美味しくないとか以前に、そもそも人間が食べて大丈夫なものなのだろうか？

とうもろこしだから大丈夫じゃないわけがないという先入観があったが、一応元々神界のものなわけだし、予《あらかじ》め調べるくらいはしておくべきだったかもしれないな。

仮に人間にとって有毒だったとしても、せっかくミスティナが作ってくれたんだし、俺は多分平気だろうからどっちみち飲むつもりだが……そう判明した際はミスティナに伝えなければならない。

「鑑定」

俺はポタージュを鑑定してみた。

すると、こんな説明が表示された。

●ホーリーコーンポタージュ
神界の植物であるホーリーコーンをもとに作られたポタージュスープ。

一般人にとっては何の変哲もないスープだが、聖職者が飲んだ場合はその人の神通力量に応じて治癒魔法の効果が一・五~十倍となる。


ホーリーコーンポタージュ……なんかそのまんま過ぎるネーミングで笑いそうになるな。

それはいいとして、とりあえず安全面に関する心配は杞憂《きゆう》だったようだ。

これなら安心してみんなで飲めるぞ。

俺は伸ばしかけていた手でクラッカーをつまみ、スープに入れた。

と、ほぼ同じタイミングで……ちょうどよく、ヒマリが厨房《ちゆうぼう》に入ってきた。

「あ、マサトさん！」

「ヒマリお疲れ。ちょうど一品できたんだが……稲妻おじいさん呼ぼうか？」

せっかくなら接客を交代して一緒に飲もうと思った俺は、稲妻おじいさんの召喚を提案した。

が……声をかけてみると、実際は結構タイミングが悪かったっぽいことが判明してしまった。

「あ……今はちょっとやめといたほうがいいと思います。名店泣かせのゲンジョウ法師さんがプライベートで来店してるので、神様に接客させるのはまずいかもしれません」

「そうか……」

なんで名店泣かせのゲンジョウ法師がプライベートで来てるんだ。

活動拠点、この国じゃないはずだろ。

瞬間移動装置を設置した以上、国内の人間なら誰《だれ》が常連でもおかしくはないのだが……隣国の人となると、そう頻繁には来ないはずなのだが。

それでこうなるって、流石《さすが》に間が悪すぎるだろ。

仕方がないので、ヒマリの分は取り置きしておいて、とりあえず二人でスープを飲むことにした。

「……じゃ、また後でな」

「了解！　楽しみにしてますね！」

労《ねぎら》いの言葉をかけると、ヒマリは何皿かの料理を手に厨房を後にした。

メインディッシュの鳥刺しとかの頃《ころ》には名店泣かせのゲンジョウ法師が退店して、稲妻おじいさんを呼べるようになっていることを祈ろう。

「じゃ……飲むか」

「そうですね」

「「いただきます」」

俺はポタージュを口に含んだ。

すると……トロリとした芳醇《ほうじゅん》な甘さが口の中に広がった。

滑らかな液体の舌触りにクラッカーのかけらが混じることで、程よい食感のバランスが生み出されていて最高だ。

「うお、なんでしょうこのスープ……。私、いろんな野菜でスープを作ったことはあるんですけど、ここまでクリーミーに仕上がるのはこれが初めてですよ……」

この味には、作った本人さえもびっくりのようだ。

そういえば、ポタージュって冷製スープにしても美味《おい》しいんだよな。

俺は冷却魔法を使って、ポタージュを冷蔵庫でキンキンに冷やしたくらいの温度まで下げてみた。

……なんだこれは。

濃厚な味わいに加えて喉《のど》ごしまでも最高になって、ゴクゴク飲むのを止《や》められないぞ。

気がつけば、俺のスープ皿は空っぽになっていた。

そんな時、またもやヒマリが厨房に入ってきた。

「ミスティナさん、里芋の煮っころがしの注文が入りました！」

「了解です、今から作ります！」

どうやらハイシルフたちに覚えさせていないメニューの注文が入ったようだ。

どうせ名店泣かせのゲンジョウ法師が帰るまでは稲妻おじいさんを呼べない関係で時間を潰《つぶ》さないといけなかったので、ちょうどいいっちゃちょうどいいな。

肉の刺身は、このオーダーが片付いてから作ってもらうとしよう。


程なくして、ミスティナは里芋の煮っころがしを作り終えた。

「やっと終わりました！　マサトさん、次は何を作りましょうか？」

そしたら……本日のメインディッシュの出番だな。

「じゃあ次は、これを刺身にしてくれ」

そう言って俺は、鶏《とり》と豚のブロック肉を取り出した。

「あとこれは寿司《すし》にしてもらえると助かる」

更に追加で牛のブロック肉も渡す。

「これらは今日、品種改良してペガサスの性質を一部継承させたんだ。肉に聖なる力が含まれてて、菌も寄生虫も全く存在しないから、一切の危険なく生で食べられるんだぞ」

ただ単に肉を渡すだけでは困惑するのが目に見えていたので、すぐさま俺はそんな説明を付け加えた。

「な……るほ……ど……？　って……それは革命ですね！」

ミスティナは一瞬だけきょとんとしたが、理解が追いつくや否やニヤリと笑った。

「特に豚なんて、絶対に生で食べてはいけないって強く言いつけられてきましたから……。それをノーリスクでいただけるなんて、ゾクゾクしてきますよ！」

「ああ、分かるぞその気持ち」

タブーとされていることをやるのって、それだけでテンション上がるよな。

「すぐ作ります！」

意気揚々として、ミスティナは調理台に向かった。

そして猛烈な勢いで肉を捌《さば》き始めた。

鳥刺しと豚刺しを作り終わり、もうすぐ牛の肉寿司も完成するかというところで……再びヒマリが厨房に入ってきた。

「名店泣かせのゲンジョウ法師はどうなった？」

「お帰りになりました！」

「そうか。じゃあ、稲妻おじいさんを呼べるな」

今度こそ、三人揃《そろ》って食卓を囲めるようだ。

料理も召喚中には出来上がりそうな勢いだし、すぐに召喚を始めたほうが良さそうだな。

俺は瞑想《めいそう》を始め、稲妻おじいさんを呼び出した。

召喚した稲妻おじいさんと一言二言話し、軽く引き継ぎをしたところで、ちょうど料理が食卓に並べられた。

そうだ。せっかく作ったアレを出さないとな。

「これはポン酢という調味料だ。醤油《しょうゆ》もいいが、こっちも合うだろうからぜひ使ってみてくれ」

俺はアイテムボックスからポン酢を取り出しながらそう説明した。

「うおお！　新しい調味料！」

「それは楽しみですね！」

まだ見ぬ調味料に、ヒマリもミスティナも目を輝かせる。

「「「いただきまーす！」」」

三人揃って挨拶《あいさつ》をすると、俺はまず鳥刺しからいただくことにした。

早速ポン酢をかけ、一口目を口に入れる。

「……良いね」

期待以上の美味しさに、俺は無意識にそう呟《つぶや》いてしまった。

鶏肉《とりにく》って生で食うとこんなにプリプリしてるんだな。

カンピロバクターのリスクを冒してでも食べようと思う人がいるのも納得だ。

これを危険度ゼロで味わえるのは幸せ以外の何物でもないな。

それじゃ次、豚刺しもいってみよう。

これまたポン酢をつけ、口に運んでみる。

「……うおおお」

鳥刺しをさらにトロトロにしたような最高の舌触りに、俺はまたもやそう呟いてしまった。

なんだこれ。凄《すご》くクセになるぞ。

禁断の食材感も相俟《あいま》って、気付くと俺は高揚感を覚えだしていた。

「なるほど、生の鶏や豚ってこんな感じなんですね……」

一方でミスティナは、これ以上にないほど真剣な顔つきでゆっくりと噛《か》みながら刺身を味わっていた。

「貴重な経験ですね……これ、凄く勉強になります！」

どうやら今は純粋に味を楽しむというより、料理人としての好奇心が第一に来ているようだな。

「あわわ……この濃厚なクリームみたいな飲み物、最高です……！」

そんな中、ヒマリはといえばさっき飲めていなかったポタージュを堪能しているようだ。

「それ、ホーリーコーンで作ったやつだぞ」

「へえ、これが神界の味……！」

神界の味というのは、どういう味なんだ。

まあ美味しく飲んでいることだけは伝わるので、あえてそこはツッコまないでおこう。

さて、まだ食べてないのは……牛の肉寿司だな。

こちらはどんな感じだろうか。

先ほどまでは刺身単体だったが、今回は寿司なので、まずはポン酢ではなく醤油をつけて食べてみることにした。

うん、これは……またまた非常に絶妙なバランスの上に成り立つ極上の一品だな。

魚とはまた違った、肉故の酢飯との相性が面白いように噛み合っている。

王道はやはり魚の寿司に変わりないだろうけど、ハマる人は大トロ以上にハマるであろう一品って感じだ。

俺は新感覚の味を三品交互にゆっくりじっくりと味わった。

「ふぅ～！　今回も、どれも美味しかったです！」

やはり今回も、最初に完食したのはヒマリ。

そしてちょうどそのくらいの時間で、稲妻おじいさんが厨房に戻ってきた。

『配膳《はいぜん》に会計、色々済ませてきたぞ』

『ああ、ご苦労様。ヒマリが食べ終わったみたいだから、もう交代していいぞ』

じゃ、報酬として何かあげないとな。

何が良いだろうか。

今食べてる鳥刺しとかを分けてもいいんだが……正直これは、普通の食べ方を知った上での上級者向けの食べ方だ。

まずは無難に唐揚げとかがいいだろうな。

アイテムボックスを見てみると、揚げたてのまま食べずにしまっておいていた揚げ手羽が残っていたので、俺はそれを渡すことにした。

『じゃ、今回はこれで』

『これは何だ？』

『人間界の鶏の唐揚げだ』

『そうか……美味《うま》そうだな。どれどれ』

稲妻おじいさんは興味津々な様子で揚げ手羽にかぶりついた。

すると……その瞬間、稲妻おじいさんはカッと目を見開いた。

『な……なんじゃまたこの革命的な美味さは！』

どうやらまた気に入ってくれたようだ。

王道から行って正解だったな。

『まったく……人間界はまるで食の宝庫だな。これは何という鶏なのだ？』

稲妻おじいさんが鶏の詳細に興味を示したので、俺はそう言って品種を答えた。

『ガルス＝ガルス＝フェニックスだ』

すると——それを聞いた稲妻おじいさんは、なぜか動きが完全に固まってしまった。

『ど……どうした？』

話しかけても返事はない。

数秒遅れて、彼はいつもより一オクターブ高いトーンでこう叫んだ。

『そ——その鶏、人間界におったのか⁉』

稲妻おじいさん……もしかしてガルス＝ガルス＝フェニックスのこと知ってたのか。

知ってたというより、これはあたかも元々神界の生き物だったかのような口ぶりだな。

よく考えてみると、輪廻《りんね》しながらとはいえ実質寿命が無限だったり、祈らないと復活しなかったりと、生物にしては不可解な点が多い奴《やつ》ではあった。

神界の生き物だと言われても、別に「そうなんだ」程度の感想しか出てこないっちゃ出てこない。

『なんで知ってるんだ？』

とはいえそれならそれで神界ではどういう存在だったのかが気になるので、俺はそう聞いてみた。

すると……稲妻おじいさんはこう答えた。

『ガルス＝ガルス＝フェニックスは……もともと神々の栄養食だった。我々はその肉や卵を食べることで、豊富な聖なるタンパク質から多くの神の力を生成し、今よりも遥《はる》かに良く人間界を統治しておった』

『……ほうほう』

『だが……いつの間にか、ガルス＝ガルス＝フェニックスは一羽残らず失踪《しっそう》してしまったのだ。それに伴い、我々は神としての力を大きく失ってしまった。そのせいで、今や人間界は呪詛《じゅそ》や病災が跋扈《ばっこ》し、人間の平均寿命も約半分となってしまったのだ』

話を聞いてみると……ガルス＝ガルス＝フェニックス、思った数十倍重要な存在だった。

いつの間にか一羽残らず失踪って何だよ。

ペガサスといい何といい、畜産関連でやらかしすぎだろ神々……。

とはいえ、過去のことは追及してもしょうがない。

『てことは……少し分けた方がいいか？』

実在を確認できた以上は、稲妻おじいさんもガルス＝ガルス＝フェニックスのいる神界を取り戻したいと思っているのではないか。

そう思った俺は、そんな提案をしてみた。

するといなずまおじいさんは、今までにないくらい明るい表情でこう言った。

『い……いいのか？　お主さえ大丈夫なら、何に代えてでもいただきたい所存だ！』

予想は当たったばかりか、その切実さは思った以上のようだった。

『じゃあ決まりだな。明日、卵の飛散範囲を神界に限定したりとか最適化してから召喚させてもらうから、その時に受け取ってくれ』

『飛散範囲を限定⁉　そ、そんなことが可能なのか！』

『ああ。というか今だって、いちいち世界中に散らばられたら面倒だから範囲を極小に限定してるんだ』

『何という天才的な！』

『いやいや、そんな』

『かたじけない。この御恩は一生忘れんぞ……！』

稲妻おじいさんは涙を浮かべたまま、薄くなってその場から姿を消した。

それにしても……あの鶏をちょっと分けるだけで、呪詛や病災が激減して人間の寿命が今の倍になるのか。

まさかショートケーキを食べたいがために始めたことが、こんなところまで繋《つな》がろうとはな……。

エピローグ　農業ギルドと稲妻おじいさん

次の日の朝、ガルス＝ガルス＝フェニックスのキッティングを終えた俺は稲妻おじいさんを呼び出し、何十羽かを受け渡した。

昨日《きのう》に続き、今日も稲妻おじいさんは涙を流して喜んでいた。

それが終わると、俺はとうもろこしを粉末ポタージュの素《もと》にする工場を増築してホーリーコーンポタージュの素を大量生産した。

神界にガルス＝ガルス＝フェニックスを納品したとはいえ、そこから神達がプロテインを摂取して力を蓄え、実際に呪詛や病災を減らし始めるまでにはタイムラグがあるだろうからな。

それまでの間の繋ぎとしては、聖職者の治癒能力を底上げすることにも意味があるんじゃなかろうか。

そう考えた俺は、ホーリーコーンポタージュを広く流通させることに決めたのである。

店で出すと「この店のポタージュには特殊な力が……」みたいな噂《うわさ》が広まって、シドが店の関係者である説が再燃してしまう恐れがある。

しかしコール経由で広める分には、絶対に生産者が割れてしまうことはない。

というわけで、俺はポタージュの量産が完了すると、久しぶりに農業ギルドを訪れた。

「あ、マサト様。ご無沙汰《ぶさた》しております」

「そうだな、久しぶりだな」

「ささ、こちらへ」

いつも通り個室に通され、しばらく待っていると、キャロルさんが鑑定士を連れて部屋に入ってきた。

「おお、なんか久しぶりじゃのう」

「今の頻度でも普通の農家と比べれば十分おかしいのに、なんか今までのスパンが早すぎたせいでそう感じちゃいますよね」

などと話しつつ、二人はテーブルを挟んだ向かいの席に座る。

「今回はどのようなお品物をお持ちになったのですか？」

「これだ」

興味津々な様子のキャロルさんに、俺はポタージュ粉末の入った袋を取り出して見せた。

「これは……？」

「スープの素だ」

「スープの素……というのは、いったいどうやって使うもので？」

あ、そうか。

よく考えたら、この世界にはインスタントスープなんて概念は無いか。

「お湯で溶かすんだ。ちょっと、お湯持ってきてもらっていいか？」

「わ……分かりました！　すぐお持ちします！」

お湯を頼むと、キャロルさんが飛ぶような勢いで取ってきてくれた。

「ちょうど給湯器に沸きたてのがありました！　こちらをどうぞ！」

「ああ、すまないな」

アイテムボックスからスープ皿を三枚取り出すと、ポタージュ粉末の袋を三つ開け、そこにお湯を注ぐ。

あとは混ぜるだけで完成だ。

「できたぞ」

「は、早……こんな一瞬でスープができちゃうんですね」

「ああ、それがインスタントの良いところだ」

早速、二人に試飲してもらうことに。

俺も昨日ので飲み足りなかったので、一皿分グビっと飲み干した。

「ふわぁ……コクが凄《すご》いですね。とても粉から戻したばかりだとは思えないです！」

「うむ。濃厚な味わいじゃな」

ポタージュは二人にも好評なようだ。

「おっと……そういえば久しぶりがゆえに、鑑定を忘れておった。見せるだけでいいから、さっきの粉末をもう一袋出してくれんか？」

鑑定士は鑑定のことがすっかり頭から抜けていたようで、申し訳なさそうな表情でそう頼んできたた。

「なあに、もう一袋飲めばいいじゃないか」

そもそも鑑定って、袋に入った状態で中身を見れるものなのだろうか。

正確に把握できたほうがいいだろうと思った俺は、追加でもう一個スープを作った。

「どれどれ……」

そのスープを、鑑定士は真剣な眼差《まなざ》しで鑑定する。

すると——彼は絶句してしまった。

「な、ななな……」

絞りだすような声でそう言った後、十数秒間の沈黙が広がった。

「ど……どういうことじゃ⁉『神界の植物であるホーリーコーン』って……マサト殿、いったいいつの間にそんなものを⁉」

鑑定士は開いた口が塞《ふさ》がらない様子だ。

「え……このスープ、以前ウチで買ったとうもろこしを改良したものじゃなかったんですか？」

鑑定士の言葉を聞いて、キャロルさんも困惑したようにそう尋ねてきた。

「ああ、これは知り合いの稲妻おじいさんから貰《もら》ったんだ。紹介しようか？」

ここまで来たら入手経路くらい語っておいたほうがいいかと思い、俺はそう話した。

「稲妻……おじいさん？」

「あの……紹介は結構です。よく分からないですけど、神界の植物をくれた知り合いってことは、

その方って神様ですよね？　とても畏《おそ》れ多《おお》くてお会いするなど……」

「そんなにかしこまらなくていいさ。自力では人間界に来れないから、できたら頻繁に召喚してくれって頼まれてるくらいだからな」

畏れ多いってのだけが理由なら、別に稲妻おじいさんを呼ばれて困るということもないだろう。

そう判断した俺は瞑想《めいそう》を開始した。

程なくして……まずは光の靄《もや》が出現し、続いてそれが稲妻おじいさんの姿になった。

『……この方は？』

『俺の知り合いだ。駆け出しの頃《ころ》の俺の農業をサポートしてくれて、今でも流通関係でお世話になっている方だ』

いつもの店ではないことに困惑する稲妻おじいさんに、俺は軽く二人のことを紹介した。

『そうかそうか、はじめまして』

稲妻おじいさんは俺と二人の関係を知ると、そう言って二人ににこやかに話しかけた。

が……キャロルさんと鑑定士はといえば、完全に青ざめてしまっていた。

「あ……あああの方って……」

「ああ……間違いないのう……」

「あの姿は……」

「さ、最高位神様だ……！」

稲妻おじいさんが最高位神のことであると気付くと、二人は震え始めてしまった。

『ハハハ、そんなに畏れることはないぞ。所詮儂《しょせんわし》なんて、神々の中では最高位というだけで、この彼にはお世話になりっぱなしだからね』

二人の様子を見て、稲妻おじいさんは努めて朗らかにそう話す。

が……二人がそれ以上言葉を発することはなかった。

『すまないな。こうも無口になるとは思っていなかった。神界に戻るまで時間あるだろうし……これでも食べるか？』

この変な空気感をまずはどうにかせねばと思い、とりあえず俺は稲妻おじいさんにショートケーキを勧めてみた。

『ほう……これはまた美味《うま》そうな料理だな』

稲妻おじいさんは興味津々な様子でケーキにかぶりつく。

『ぐおぉ……ここまで高度な調理工程を踏んだ料理は初めて口にしたぞ……』

食べるや否や、稲妻おじいさんは恍惚《こうこつ》状態で固まってしまった。

あまりにもじっくり食べるもんだから、稲妻おじいさんは全部食べきる前に人間界から姿を消してしまった。

「という感じの方だ」

「何が『という感じの方だ』ですか！　最高位神様なら最初からそう言ってくださいよ！」

「というか最高位神様に『お世話になりっぱなし』とまで言わせるとは……マサト殿、一体何をしたらそうなるのじゃ……」

紹介を締めくくると、二人からは怒涛《どとう》のツッコミが入ってしまった。

「じゃ、このスープの流通、頼むな」

「え、ええ……」

予《あらかじ》めワイバーン周遊カードに詰めてきた大量の粉末スープを、キャロルさんに渡す。

本当はクラッカーも一緒に納品できれば良かった気もするが……まあ主目的は治癒魔法の増強だし、一旦《いったん》はこれでよしとするか。

あとがき

WEB版からの方はこんにちは、初めましての方は初めまして。どうも、著者の可換環《よしがえたまき》です。

この度は二巻に続き『転生社畜のチート菜園3』も手に取ってくださり、誠にありがとうございます。

コミカライズも十一月から始まっており、楽しんでいただいているところかと思います。

もし「このあとがきで初めて知った」という方がいらっしゃいましたら、ぜひぜひ今すぐ見に行ってください！　将人《まさと》の凄《すご》さも、ドライアドやヒマリのかわいさもばっちり表現してくださっていて、読んでいて癒《いや》されること間違いなしでございますので……！

さて、では軽く近況報告を。

前巻のあとがきで静電容量無接点方式のキーボードの購入を報告した私ですが……実はあれから新たにパンタグラフ式のキーボードを買い直しました。

というのも、私は「ホームポジション？　何それ美味《おい》しいの？」みたいな我流高速タイピング派なのですが、そんな私がキーの軽いキーボードを使うと意図せぬ入力が多くなってしまうんですよね。

製品の性能の良さ故に却《かえ》って誤タイプが増えてしまうという本末転倒なことが起きたので、使い慣れた打鍵《だけん》感のものに戻したというわけでございます……（トホホ）。

もし読者の皆様の中にキーボードをよく使うご職業の方がいらっしゃいましたら、「こういうパターンもあるんだ」という一例としてご参考になさってください（↑誰得情報）。

以下、多少ネタバレ要素を含むのであとがきから読む派の方がいましたらご注意を。

今回のお話は、畜産の方面に舵《かじ》を切る形となりました。

けっこう素材集めからこだわる感じだったので、多少の冒険要素もあり、ほのぼのとした雰囲気とともにワクワク感も楽しんでいただけたのではないでしょうか。

畜産物が揃《そろ》ったことで、作れるメニューも更に自由度が増しましたね。

今後もより一層広がっていく世界観をご堪能いただけますと幸いです！

最後に、皆様に謝辞を述べさせていただきたいと思います。

本作品が形になるまでの全工程を支えてくださった担当のH様&サブ担当のO様。

素晴らしいカバーイラスト・口絵・挿絵を描いてくださったｒｉｔｔｏ様。

それ以外の立場からこの本に関わってくださった全《すべ》ての方々、そして読者の皆様。

皆様のおかげで、無事この本を出すことができました。本当にありがとうございます。

四巻でもお会いできることを楽しみにしております！

カドカワBOOKS

転生社畜《てんせいしやちく》のチート菜園《さいえん》 3

~万能《ばんのう》スキルと便利《べんり》な使《つか》い魔妖精《まようせい》を駆使《くし》してたら、気《き》づけば大陸一《たいりくいち》の生産拠点《せいさんきよてん》ができていた~

2023年1月10日　初版発行

著者／可換《よしがえ》　環《たまき》

発行者／山下直久

発行／株式会社KADOKAWA

〒102-8177
東京都千代田区富士見2-13-3
電話／0570-002-301（ナビダイヤル）

編集／カドカワBOOKS編集部

印刷所／暁印刷

製本所／本間製本

●お問い合わせ
https://www.kadokawa.co.jp/（「お問い合わせ」へお進みください）
※内容によっては、お答えできない場合があります。
※サポートは日本国内のみとさせていただきます。
※Japanese text only

Printed in Japan
ISBN 978-4-04-074811-5 C0093

新文芸宣言

かつて「知」と「美」は特権階級の所有物でした。

15世紀、グーテンベルクが発明した活版印刷技術は、特権階級から「知」と「美」を解放し、ルネサンスや宗教改革を導きました。市民革命や産業革命も、大衆に「知」と「美」が広まらなければ起こりえませんでした。人間は、本を読むことにより、自由と平等を獲得していったのです。

21世紀、インターネット技術により、第二の「知」と「美」の解放が起こりました。一部の選ばれた才能を持つ者だけが文章や絵、映像を発表できる時代は終わり、誰もがネット上で自己表現を出来る時代がやってきました。

UGC（ユーザージェネレイテッドコンテンツ）の波は、今世界を席巻しています。UGCから生まれた小説は、一般大衆からの批評を取り込みながら内容を充実させて行きます。受け手と送り手の情報の交換によって、UGCは量的な評価を獲得し、爆発的にその数を増やしているのです。

こうしたUGCから生まれた小説群を、私たちは「新文芸」と名付けました。

新文芸は、インターネットによる新しい「知」と「美」の形です。

2015年10月10日
井上伸一郎